回首锦城一茫茫

杜甫成都诗传

阿来 著

图书在版编目（CIP）数据

回首锦城一茫茫：杜甫成都诗传/阿来著．— 成都：成都时代出版社，2023.9（2023.11重印）
ISBN 978-7-5464-3287-8

Ⅰ.①回… Ⅱ.①阿… Ⅲ.①散文集–中国–当代 Ⅳ.①I267

中国国家版本馆CIP数据核字(2023)第153944号

回首锦城一茫茫：杜甫成都诗传
HUISHOU JINCHENG YI MANGMANG：DUFU CHENGDU SHIZHUAN

阿来 / 著

出品人	达 海
特别鸣谢	成都杜甫草堂博物馆
图书策划	谋工作室　阿来书房
责任编辑	傅有美
责任校对	阚朝阳
责任印制	黄 鑫　陈淑雨
营销编辑	蒋敏轩
封面设计	别境LAB
内文设计	成都九天众和
封面封底图	《蜀川胜概图》（局部）
出版发行	成都时代出版社
电 话	（028）86742352（编辑部）
	（028）86615250（发行部）
印 刷	成都博瑞印务有限公司
规 格	130mm×184mm
印 张	8.875
字 数	144千
版 次	2023年9月第1版
印 次	2023年11月第2次印刷
书 号	ISBN 978-7-5464-3287-8
定 价	49.80元

著作权所有·违者必究
本书若出现印装质量问题，请与工厂联系。电话：（028）85919288

在你眼前，一个人会从他那美好当中静悄悄地清晰地凸显出来。

——里尔克

第五章 友邻与画师 / 069

第六章 流离的酸辛 / 081

第七章 秋风茅屋 / 095

第八章 杜甫与严武 / 107

目录

第一章 蜀道漫长 / 001

第二章 构筑草堂 / 027

第三章 堂前雨,亭外江 / 041

第四章 锦城游踪 / 055

第十三章 再说杜甫与严武 / 221

第十四章 魂归草堂 / 247

第九章 杜甫与高适 / 137

第十章 杜甫的阶级 / 159

第十一章 清词丽句必为邻 / 175

第十二章 春归草堂 / 205

第一章

蜀道漫长

唐朝，乾元二年（759），十二月。

标志大唐王朝由盛转衰的安史之乱已经到了第五个年头，国家动乱未已，人民颠沛流离。

一个形色憔悴的男人行走在古蜀道上。

他从北边今天属于甘肃省的同谷县（今甘肃成县）启程，在道上已不止一天，越过秦岭后，山色苍翠了些，风还冷，空气中却多含了些滋润的水汽，脸上干燥皲裂的皮肤也没有那么紧绷了。山路一直往下，脚步也轻快了许多。行路艰难，但对于一个人，尤其是对于我将要书写的这位诗人来说，自然风景的美丽也会给他带来巨大的慰藉。

这样行走了一天，两天，三天，本来渐渐低矮的山势又突然高耸，裸露的高岩拔地而起，东西绵延二百余里，壁立眼前，一条狭道蜿蜒而上。无须人告诉，他知道，这就是有名的剑门关了。作为一个诗人，他面对着入蜀路上

这道剑门雄关,立即就吟诵出描绘性的诗句:

> 惟天有设险,剑门天下壮。
> 连山抱西南,石角皆北向。
> 两崖崇墉倚,刻画城郭状。

描绘山势,"连山抱西南",山脉向西南伸出,手臂般环抱着四川盆地。"石角皆北向",这一句既是写实际的地理——剑门关北那些壁立的石头群峰,其中也包含着诗人依然心系北方朝廷安危的意思。因为这时的天下形势,正如他在此诗中所喟叹:

> 至今英雄人,高视见霸王。
> 并吞与割据,极力不相让。

这天夜里,他在驿站里将这首诗记录下来,诗题就是《剑门》。

他知道,越过了剑门关口,就要进入此行的目的地——剑南西川,就要进入古蜀国的地界了。按地理说,翻过秦岭,来到南坡,就算是到了蜀地了。但在唐代,行政区划跟今天有不一样的地方。他的目的地,是剑南西川节度使管辖之地。所以,他要越过了剑门关,站在关门之南,才算是真正到达。

这个人就是杜甫,当时就以诗才闻名天下,在后世,他在文学史上的身影将显得越发高大。

他不是一个人在路上,而是一家六口:妻子,两个女儿,两个儿子。还有他弟弟杜占护送兄长一家入川。

很多年后的南宋时期,诗人陆游也从这里进入四川。他在诗中没有描摹剑门关的雄姿,而是抒发自己豪壮又落寞的心情:"此身合是诗人未?细雨骑驴入剑门。"

两个诗人都经此入蜀,心情却大不相同。

陆游是一个人游宦在外,过剑门来四川是怀着建功立业的雄心壮志。

而那时的杜甫,拖家带口,只为在烽火连天的乱世中为自己、为一家人寻找一个安定的栖身之地。他和同时代那些有名的诗人——李白、高适、岑参等人一样,并不满足于只以诗才名世,他们都有忧国之心、济世之志。但安史之乱爆发前后,国家和个人一系列悲剧性的遭际,让他心灰意冷,深感绝望。

唐肃宗乾元二年（759），在杜甫生命中是一个重要的节点。

这一年，这个怀有济世之志的人，在战乱之中，出于对朝政的失望，更为一家人的衣食平安，放弃了华州（今属陕西渭南）司功参军的官职，在中国大地上四处流浪。按杜甫自己在诗中的记叙，叫"一岁四行役"。

仇兆鳌《杜诗详注》中引赵次公的说法："春自东都回华，秋自华州客秦，冬自秦赴同谷，又自同谷赴剑南。故曰四行役。"就是说，杜甫在这动乱之年，一年跑了四次长路。

这年春天，在华州司功参军任上的杜甫东去洛阳（即"东都"）探亲，其时，唐军在邺城（今河南安阳）的战役中大败于安史叛军。杜甫被迫从洛阳西返华州，一路上，目睹战乱带给人民的深重灾难，"满目悲生事"，写下了不朽的史诗"三吏"和"三别"。此为一行役。

二行役：此年夏天，战乱连着天灾，华州和关中地区大旱，对局势深感失望的杜甫，放弃了华州司功参军的职位，带着一家人西去秦州（今甘肃天水），"因人作远游"。

他雇了一辆马车，车上载着两双儿女。他们往西到了秦州，在那里，杜甫有一个侄子，还有一个和尚朋友可以投靠。此时，杜甫的想法很简单，在秦州筑几间草堂，在战乱的年代过一种粗茶淡饭的平安生活。杜甫在秦州的经历，从《秦州杂诗二十首》中可以窥见大概。他在这组杂诗的第十四首中说"何时一茅屋，送老白云边"，表达的就是这样的希望。

在这里，他还写过《西枝村寻置草堂地，夜宿赞公土室二首》。这位赞公，正是他的和尚朋友。赞公和尚本是唐朝京城大云寺主，"谪此安置"。原来在唐朝，作为方外之人的和尚弄不好也会受到贬谪的处分。杜甫与他相识相交，是在天宝年间的长安城中，那时大唐盛世及于顶峰，却也即将面临由盛转衰的安史之乱了。总之，虽有侄儿和那位和尚朋友的帮助，还是"卜居意未展"，找不到一块地来筑他理想的草堂；加上秦州那时迫近前线，吐蕃大军入侵的威胁时时存在，并不是一个平安的寄身之地，杜甫便思量再转去别的地方寻找安身之所。

恰在此时，秦州南边不远，秦岭山中的同谷县令主动来信邀他前往。

杜甫自己说此行的原因或目的很清楚："无食问乐土，无衣思南州。"为什么"思南州"？在这严寒的冬天，对无衣少食的人来说，偏南的地方至少暖和一点。

等他拖家带口到了同谷，这位"来书语绝妙"的县令却避而不见。个中原因，有很多说法，莫衷一是。总之，这位县令对杜甫相邀在前，等杜甫到达后却没有给予丝毫帮助是不争的事实。在我想来，他是读过杜甫诗、热爱杜甫诗的，没见过杜甫的他，可能在脑子中构想出一个飘逸豪迈的诗人形象。等到杜甫形色憔悴，拖家带口来到他面前时，想象被颠覆，现实的考虑占了上风，干脆就避而不见了。

杜甫一家立即就陷入了衣食住都无着落的境地，只好打主意去寻找另外的安身之地。他们十一月到达同谷，十二月一日就离开了。

此为三行役。

在同谷县，严冬中，一家人彷徨无计。

杜甫这个"四体不勤"的人，只好入山采橡实为一家人充饥。他还冒雪入山采一种叫黄独的药食两用的植物，为一家人果腹之用，但满山降下大雪时，就连黄独也采不到了。

杜甫在《乾元中寓居同谷县作歌七首》中为自己画像：

其一
有客有客字子美,白头乱发垂过耳。
岁拾橡栗随狙公,天寒日暮山谷里。
…………

这里的"橡",不是橡树,而是栎,也就是四川人所说的青冈树,叶有刺,籽可食。

橡实不够,再去采黄独:

其二
长镵长镵白木柄,我生托子以为命!
黄独无苗山雪盛,短衣数挽不掩胫。
此时与子空归来,男呻女吟四壁静。
…………

这样的同谷自然是待不住的,于是杜甫只好带着家眷越秦岭往四川而去。此为四行役。

杜甫的妻子杨琬,是杜甫父亲杜闲的好友杨怡之女,小他十二岁,喜欢读书,据说还写得一手好字。据冯至先生《杜甫传》,夫妇俩入剑门时带着两女两子四个孩子。

两个儿子一个叫宗文一个叫宗武。就这两个孩子的名字也透露出杜甫的理想与志向。这一年，宗文九岁，宗武六岁。女儿的姓名不知，年齿也不知。

目的地：四川，成都。

离开时的情境，有杜甫写的《发同谷县》为证："忡忡去绝境，杳杳更远适。""忡忡"和"杳杳"都写低落的心情。"忡忡"，是离开时的悲凉；"杳杳"，是对未来的一切全无把握。但还是得上路了。

北风呼号，道路崎岖，心情凄凉，行程艰难。种种情形，有杜甫在秦岭蜀道中逐日写下的诗句为证。

《木皮岭》："季冬携童稚，辛苦赴蜀门。南登木皮岭，艰险不易论。"

《白沙渡》："天寒荒野外，日暮中流半。我马向北嘶，山猿饮相唤。"

《水会渡》："山行有常程，中夜尚未安。"路太长，半夜了，还不能休息。"远游令人瘦，衰疾惭加餐。"

《飞仙阁》："栈云阑干峻，梯石结构牢。"这写的是秦岭险峻的栈道。"叹息谓妻子，我何随汝曹。"

艰险的栈道还没有走完。

《五盘》："仰凌栈道细，俯映江木疏。"五盘岭，又叫七盘岭、七盘关。这里已经靠近今天的四川广元了，那时叫利州。当地县志说，七盘关在"县北一百五十里"，"界邻陕西宁羌县"。

《龙门阁》："清江下龙门，绝壁无尺土。"《广元县志》说："在县东北八十二里。"

《石柜阁》："羁栖负幽意，感叹向绝迹。"《重修广元县志稿》说："县北十里，千佛岩南首，石壁峭削，秦汉架为栈。唐韦抗乃凿石为道，立阁如柜，因以为关。"

从七盘岭到龙门阁再到石柜阁，可以算出当时人每天在古蜀道上行走的里程。

古代蜀道之难，在被杜甫视为知己的李白笔下的《蜀道难》中，是夸张的浪漫主义书写；在杜甫现实主义笔法的书写中，呈现出的是具体真实的面貌。

冯至说："……从同谷到成都旅途上的收获，都是纪行诗。""杜甫运用五古，无论叙事、抒情、写景，都发挥了五言诗最高的功能，这里他把……山川的形势以及城郭村落、风土人情，都收入雄浑而健壮的诗篇中，在这一点上诚如宋人林亦之所说的，'杜陵诗卷是图经'。"

《桔柏渡》："青冥寒江渡，驾竹为长桥。"已经在今天广元昭化境内了。

再往前，就是剑门关了。

已经身无一官半职的杜甫，之所以选择进入四川盆地，一来因为这个地方不像北方正陷于安史之乱爆发后无休无止的战乱。这个乱局，他在《剑门》这首诗中也有描述："并吞与割据，极力不相让。"二来，这地方有一些亲友可以投靠。德国汉学家莫芝宜佳说："杜甫离开北方，携家人到了南方，不断地寻找着经济上的救助人。"杜甫自己在诗中也说这是"因人作远游"。

所因之人，有此时任剑南西川节度使的裴冕，他是以成都为中心的西川地方的行政与军事首脑。安史之乱时，杜甫在肃宗朝中任左拾遗，裴冕是朝中的中书侍郎、同中书门下平章事，位居宰辅，地位比当时位居八品的杜甫高出许多。虽然没有史实表明他有多么热爱诗歌和关怀诗人，但在朝中时，两人总算是相识了。

还有此时在彭州任刺史的诗人高适。这可是杜甫相知甚深的老朋友了。

杜甫二十多岁时，就和高适相识于山东。

再后来，他又和被唐玄宗放归江湖的李白、尚未仕途发达的高适，一起游梁宋，即今天的河南省开封和商丘一带。时在天宝三载（744），距安史之乱爆发还有十一年。

十几年过去，杜甫、李白和高适三个人的命运已经发生了巨大变化。杜甫在肃宗朝中做左拾遗不久，就因上疏替房琯说话而陷入党争，被肃宗皇帝贬为华州司功参军，最后弃官而去。安史之乱爆发后，李白入幕辅佐的永王作乱，他被连累流放夜郎，虽在途中获赦，但从此再与官场无缘。高适则在后来考中进士，在河西军中做参佐多年，安史之乱时更是做到势大权重的淮南节度使，更因率军参加平定永王之乱而名闻天下。但他也是诗人性格，因言多狂放，不久即被贬为彭州刺史。

杜甫流寓秦州时，就得到了高适到彭州就任的消息。他还专门写了一首诗寄给高适，诗题作《寄彭州高三十五使君适虢州岑二十七长史参三十韵》。

这首诗很长，三十韵，就是三十句的意思。

这首诗的标题也很长，对今天的读者来说，也许比诗本身还难懂。"三十五"是什么意思？唐代写给一个人的诗，诗题中常会把这个人的排行写出来。"高三十五"，就是高适在高家兄弟中排行第三十五的意思。高家哪会有那么多兄弟？会的，因为唐人的习惯是把叔伯兄弟都算在一起。"使君"，汉代以后对统领一州官员的尊称。后面那个排行二十七的是以边塞诗与高适齐名的岑参。这时，杜甫是不是已经有某种预感，将要去四川投奔高适了呢？我想，这种可能性是存在的。

在成都，杜甫还有一个表弟，在王家排行十五，所以叫王十五，担任司马。这个官职，在唐代为州一级首长的佐官，说大不大，说小也不小了。

流离不定、无处安身的杜甫，此时可以指望的就是这些亲友故交了。但杜甫对自己能否受到善待还是心怀忐忑，没有多少把握的吧。因为此前在秦州，特别是同谷县的遭遇太令人绝望了。

无论如何，过了剑门关，道路平顺，气候也越来越温和，相对于秦岭山中，吃食也丰富了许多。不多日，来到了进入成都平原的最后一道关口，当时的德阳县治北三十里，距成都一百五十里的鹿头山。过了此山，就是川西平原的一马平川了。

这座鹿头山，在今天的罗江和德阳之间，相传三国时，庞统便死于此山之中的落凤坡。

杜甫又写诗一首——《鹿头山》：

> 鹿头何亭亭，是日慰饥渴。
> 连山西南断，俯见千里豁。
> 游子出京华，剑门不可越。
> 及兹险阻尽，始喜原野阔。

....

北宋人王洙写这座山的地理甚为详明："自秦入蜀，山岭重复，极为险阻。及下鹿头关，东望成都，沃野千里，葱郁之气乃若烟霞霭然。"

南宋人蔡梦弼，著有《杜工部草堂诗笺》，他评这首诗说："及之鹿头，山已断绝，下视成都，沃野千里，豁然抒怀，甚慰其饥渴之望也。""得遇平阔而喜也。"

连绵的群山终于在西南方向消失了，从山头上望下去，只见豁然开朗的一马平川。往前，就再也没有地理上的险阻了，让人不由得心生欣喜。

这首诗不光写在鹿头山上所见的风光，同时，也是杜甫写给剑南西川节度使裴冕的，其中有这样的句子：

> 仗钺非老臣，宣风岂专达。
> 冀公柱石姿，论道邦国活。
> 斯人亦何幸，公镇逾岁月。

这几句也需要解释一下。"冀公",指裴冕。他来主政西川前,就已经被封为冀国公了。"柱石姿",指裴冕如柱石般镇守一方。"论道邦国",《尚书》说"论道经邦",就是能够治国安邦的意思。"斯人",是这里的人民。这里的人民多幸运啊,在您的治理下,得以度过如此安定静好的岁月。这样的口吻,多少有些恭维的意思了。所以,这里的"斯人"也包含杜甫自己。裴冕在乾元二年(759)六月,也就是杜甫来此半年前才任成都尹和西川节度使,而杜甫脚跟脚就来到了故人主政的地方。

没有明确的记载说杜甫得到了裴冕什么样的回复。但裴冕应该是对他表示了欢迎。所以,当他下了鹿头山,到绵竹县,再从那里出发,不知一日还是两日,当成都这个当时的大都会出现在视野中时,杜甫的心情的确是欢快欣喜的。

前面已经说了,这是杜甫一生中最为颠沛的一年。这一年,国运与家事都让他忧心忡忡,好在这一年的最后几天,当他望见成都的时候,久违的喜悦心情重新充满了他的身心,又一首诗《成都府》在胸中涌动了。

这也是有史以来第一首用照相式的现实笔法写成都的

诗篇：

> 翳翳桑榆日，照我征衣裳。
> 我行山川异，忽在天一方。

呀，眼前的景象和萧瑟枯寂的秦州与同谷县是多么不一样啊！

温煦的阳光照着植物——翠绿的桑与竹，也照在自己久经风霜、颜色黯淡的衣裳上。同时也是说，他是在走了一天的长路后，于日落时分到达了成都郊外。"桑榆日"，平实叙写外，也是用典。《淮南子》曰："日西垂，景在树端，谓之桑榆。"不然，这诗写成都平原的植物就有些不通。自秦汉以来，成都以丝织业名闻天下，桑蚕满布自是事实，但榆这种北方树木，难得一见。

> 但逢新人民，未卜见故乡。
> 大江东流去，游子去日长。

这里的人也跟北方秦地的完全不一样了。哪里不一样？单讲说话吧。北方口音浑厚浊重，而这里的民众，话音清脆,节奏欢快,如同歌唱一样,所以是"新人民"了。"未卜见故乡",见到斯人斯景,新奇感足以让诗人忘记在心中盘算何时能回到故乡了。这地方宜人居停,看来在外流寓的日子会非常漫长啊。

"大江",是岷江。秦蜀守李冰治水,筑都江堰,引岷江水一南一北绕成都而过,正如左思《蜀都赋》所写:"带二江之双流。"

李白年青时,早于杜甫到过成都,留诗《登锦城散花楼》可以为证:

> 日照锦城头,朝光散花楼。
> 金窗夹绣户,珠箔悬银钩。
> 飞梯绿云中,极目散我忧。
> 暮雨向三峡,春江绕双流。
> 今来一登望,如上九天游。

诗中的"双流"水,依然流淌萦绕于今天的成都,只不过相当部分已经由于城市的扩展,不是流淌在城外,而是蜿蜒在城中了。今天的府河与南河,也就是当时杜甫所见的大江。

《旧唐书》云，成都府，"在京师西南二千三百七十九里，至东都三千二百一十六里"。"京师"，是长安。"东都"，是洛阳。

杜甫这"一岁四行役"，加上在秦州和同谷绕了那么大一个弯，一年中该是走了四千里以上的路了。

这一回，终于到达成都了。当时的成都什么样子？杜甫所见是这个样子：

> 曾城填华屋，季冬树木苍。
> 喧然名都会，吹箫间笙簧。
> 信美无与适，侧身望川梁。

"曾"，通"层"。有史料说，杜甫那个年代的成都由三部分构成：大城、少城和州城。三个城都各自有城墙围绕，同时又互相连接，一个套着一个，所以叫"层城"。三城里头，官衙、民居与市集，满是漂亮的房子。

"季冬"，冬天的最后一个月。农历十二月，在今天的公历，已经是来年的一二月间，是大地回春的时节。经冬不凋的草木已经有新绿萌动了。呀！作为天府之国中心的"名都会"，成都真是美得名不虚传。

这是李白诗也写过的:

九天开出一成都,万户千门入画图。
草树云山如锦绣,秦川得及此间无?

老杜从望见成都到进入成都,步步行来,位移景换,等到步入城中时,已经是黄昏时分了。

鸟雀夜各归,中原杳茫茫。
初月出不高,众星尚争光。
自古有羁旅,我何苦哀伤。

来到了这么美丽的地方,"我"也不必为自古以来很多人都经历过的颠沛流离而独自哀伤,"我"要在这"天一方"的"新人民"中开始新的生活了。

"初月出不高,众星尚争光",也是杜诗特有笔法,既写眼前景,更隐含着深深的家国之思。安史之乱爆发后,太子李亨在灵武即位,号令天下,担负起光复重任,是为"初月";"出不高",可惜集合的力量还不够强大,平乱之战进行艰难。"众星",自然是安、史之类的叛将了。

宋代，四川学者赵次公注解杜诗很有成就。他说此诗此段："观众鸟识巢而夜归，乃思其中原故乡之地而不得返。"

成都确实对杜甫张开了温暖的双臂。

一家人先被安置在一座寺庙里。

寺庙，在古代常常成为风雨羁旅之人的安身之所。几百年后的宋代，经历了"乌台诗案"的四川人苏轼被贬谪到湖北黄州。这段经历与杜甫入川有些相似之处。也是冬天，也是一个诗人堕入人生低谷，也是携家带口，穿过崇山峻岭经月跋涉，一路从北方南下。到达目的地后，也是暂时在一座寺庙栖身。苏东坡栖身的那座寺庙叫定惠院。杜甫所居的那座寺院也是当时的一座名寺——草堂寺。该寺建于南北朝时期，也称益州草堂寺。宋代人追记其位置在成都府城西七里，与后来杜甫建的草堂相距三里。

一家人刚在这里安定下来，老友高适就派人来看望他了，送来了钱和米，还赠诗一首——《赠杜二拾遗》。

前面说过，唐人题名赠诗，有时会写诗人的排行，由此我们知道杜甫在杜家叔伯兄弟中排行老二。当时赠人诗时,也称官职。"拾遗"是杜甫此前任过的最高官职,虽然他此时已是一介布衣,但高适出于尊重,还是以他曾任过的拾遗相称。

> 传道招提客,诗书自讨论。
> 佛香时入院,僧饭屡过门。
> 听法还应难,寻经剩欲翻。
> 草玄今已毕,此后更何言。

先解"招提"。这个词是梵语音译,又译作招斗提舍;意译是四方、四方僧,或四方僧房,"四方来集之众僧均可止宿之",后就演变成为佛寺的代称了。"诗"与"书",却是儒家经典。高适这首诗是说:听说你来到成都,寄居佛寺,却还在研读儒家经典。虽然佛前供奉的香火的味道不断飘入你的院中,和尚们用饭时也不断走过你的门前。当年,汉代扬雄穷居成都,仿《易经》体例作了《太玄》,现在你来了,又要为世间留下怎样的宏文?

杜甫当即答诗一首,《酬高使君相赠》,感谢他及时的救济。今天的我们通过这首诗可以看到杜甫对当时生活和那座寺庙的描述:

古寺僧牢落,空房客寓居。

"牢落",稀疏零落。这座著名的古寺在当时已经没有多少僧人了,正由于此,才有房间空出来供杜甫一家人居住。住下来了,生活过得还不坏,因为这里的人,包括高适在内,对他一家子很好:

故人供禄米,邻舍与园蔬。

以前相识的故人——当然包括高适在内,送来了粮和钱,不认识的邻居也送来了自家菜园里的时令蔬菜。

双树容听法,三车肯载书。

即便在流离之中,迫在眉睫的衣食所需之外,高适诗中涉及佛学的部分,杜甫也要有所回应,此方为风雅。

我们常说,中国人,尤其是中国知识分子的知识结构或世界观,自汉末以降,渐渐变化成儒释道三教合一。这个格局在魏晋南北朝期间形成。有唐一代的士人,许多都具有相当深厚的佛教修养。杜甫这两句诗之所以显得深奥,就是因为用了佛教典故。"双树",是佛经中的娑罗树,总按东西南北的方位成双生长,这里用以代指寺中的任何一种树。成都的气候,当然不适合热带印度的娑罗树,所以诗人指的很可能是柏树、楠树或梅树。这些寺中的树都在听僧说法,更不要说耳聪目明的人了。"三车",在佛经《妙法莲华经》中是指鹿车、羊车和牛车,喻指佛教声闻、缘觉和菩萨三乘的不同教法。也就是说,安顿在此的杜甫,一旦暂时摆脱衣食之忧,便与寺中僧人研讨佛法了。

高适在慰问杜甫的诗最末提到,汉代文豪川人扬雄晚年在成都写了名作《太玄》,表达了对杜甫的期许。杜甫在回赠诗的最末两句对此做了回答:

草玄吾岂敢,赋或似相如。

"我"哪里敢和扬雄相比啊,再有所作,也就跟司马相如当年的赋差不多吧。

我们应该知道,扬雄和司马相如这对汉代文坛双骄,都是四川成都人。所以,唐代这两位外省来的名诗人,高适与杜甫，在酬唱诗中都拿这两位来说事。对于自己的诗才，杜甫并没有太过自谦。杜甫有时也会说客气话，但他骨子里，从来就不是一个谦虚的人。所以，他说自己或许能像司马相如，那也就是敢跟扬雄比肩的意思了。

既然杜甫说了这样的话，同时代的诗人老友高适对他也有那么高的期许，那么成都这座城市也就可以期待这位诗人写出那些今天我们依然耳熟能详的优美诗篇了。

成都，这座城市建城两千多年。

成都这座城市建城两千多年，未易其名。

成都，文教兴盛之初，便送出了司马相如这样的不世之才北上长安，用繁复夸饰的笔法去描绘汉朝的盛世景象。

八百多年后，却从长安南来了一位诗人，在盛唐的荣华凋落将尽时，将要开笔描绘成都，以他那些即将诞生的著名诗篇为成都画像，为成都书魂，为成都在中国历史上留下一个优美风雅的永恒形象。

更重要的是，在大唐盛世已经因安史之乱而猝然终止时，盛唐一代最伟大的几位诗人，比如高适，特别是杜甫，和稍晚五六年将会来到四川、来到成都的岑参，这几位盛唐杰出诗人的创作高潮期还没有过去，他们将要给成都留下足资傲视天下的篇篇华章。

"自古诗人例到蜀",文学史上,盛唐一代最具代表性的诗人一共七位,依年齿分别是孟浩然、王昌龄、李白、王维、高适、杜甫和岑参。安史之乱一爆发,这七位中年纪最小的三位,中原的杜甫,远在河西走廊的高适和在更遥远的西域边塞生活写作的岑参,都相继来到了四川,来到了成都。

特别是杜甫,他即将展开的成都诗篇更是要成为盛唐诗落幕处最最重要的篇章。

美国汉学家宇文所安在他那部流传颇广的专著《盛唐诗》中说:"关于安禄山叛乱所导致的文化创伤,已经谈了很多。这里再讨论将是多余的。的确,除杜甫外,战乱后的诗歌几乎普遍地收敛了。……高适、岑参及元结的作品明显地转向了守旧。甚至连豪放的李白,在最后几年的诗作中似乎也减少了放纵。"

成都,将通过杜甫之口,吟诵出盛唐诗歌那些最后的也是最美妙的华章。

第二章 构筑草堂

至少从在秦州时开始,在乱世中,构筑一座可以让一家人安居的草堂就是杜甫的一个梦想。

草堂之想,并不奢侈,但在乱世之中,就是另外一回事了。

在此之前,杜甫有更远大的理想,那就是辅佐君王,改变社会。"致君尧舜上,再使风俗淳。"这是杜甫年青时所写《奉赠韦左丞丈二十二韵》中的句子。这首诗作于杜甫来成都的十年前。那时,他进士不第,报国无门,仍希望韦左丞这个朝中高官能向朝廷举荐自己。

但这个理想早在战乱之中,在他被贬为华州司功参军,并最终弃官而去时就彻底化为泡影了。摆在他面前最迫切的问题,就是构筑一个能使一家人躲避风雨的安身之所。宏阔理想被不断简化,直到变成一座再具体不过的草堂。

在成都,他的这个梦想得以实现。

他用自己现实主义的诗笔,用自己寄寓其中的生活热情,把当年在成都建筑草堂这一过程,以及草堂建成后的生活情景都翔实地记录下来。后人评价杜甫诗是"诗史",的是确论。但这个"史",首先是个人经历,个人所经历的历史。个人经历映照着时代风云,这才构成宏阔深广的诗中历史。

构建房屋,营造居所,第一就是选址。

表现在杜诗中就是《卜居》。

当时他寄居在城西浣花溪畔的古草堂寺,选择地址自然就从日渐熟悉、日渐亲切的地方开始。果然,地址也就选在了距寄居寺院不远的浣花溪畔:

浣花溪水水西头,主人为卜林塘幽。

为解这两句诗,后世注解家为一件事争论不休:谁为杜甫"卜"了这个居?"主人为卜",这个主人是谁?

有人认为这个人是裴冕,但反对者认为裴冕与杜甫并没有多么深的交情,加上这位节度使深谙权谋,且不爱诗歌,不可能资助杜甫构筑草堂。

我觉得,修草堂第一重要的就是需要一块地。从古至今，中国的土地基本上是国家所有，唐代也不例外。所以，要建一座房子，最重要的是地，而不是钱。而且，颠沛流离的杜甫手头也没有太多的钱。不但当时没有，此前就没有。此前他的诗中就写过"入门闻号咷，幼子饥已卒"的悲惨情景。尤其是考虑到在这距城不远的近郊，土地的所有权还是相当重要的。大家都离开那个"卜"，而只去说钱，并在此问题上聚讼不已，眼界有些狭窄了。所以，我倒认为，这个主人就是裴冕，是他给了杜甫一块地。"卜"本来就是选地的意思。为他"卜"地的人还很贴心。

已知出郭少尘事，更有澄江销客愁。

一个弃官而去的布衣，不需要住在城里朝九晚五。这里江流萦回清澈，对一个面山临水时写过动人诗篇的诗人来说，真是一个再好不过的地方了。诗人自己也喜欢这个地方。看，风景多么美丽，江水之上：

无数蜻蜓齐上下，一双䴔䴖对沉浮。

附近还有一个码头，如果哪一天想要离开，即刻就可以登舟东行,直向"山阴"而去。那里,曾是杜甫年青时漫游过的吴越地方。

东行万里堪乘兴,须向山阴上小舟。

确实,建个草堂也没钱,只好向人寻求赞助。
然后,真有人送钱来了。
有诗记之:《王十五司马弟出郭相访兼遗营草堂赀》。
这位"遗营草堂赀"的人在王家兄弟中排行十五,官职是司马,是杜甫的表弟。他出城来看望杜甫一家,并送来修筑草堂的钱。

客里何迁次,江边正寂寥。
肯来寻一老,愁破是今朝。
忧我营茅栋,携钱过野桥。
他乡唯表弟,还往莫辞遥。

盼着送钱人来的杜甫早就在江边等着了,所以王表弟还在江那边就被他望见了,他看着王表弟一步一步从桥上走了过来。写诗需要想象,读诗也需要一点想象,有了想象，诗中的场景才能生动活泛起来。城外偏僻地方，走的人少，桥就成了"野桥"，就像"野渡无人舟自横"中的"野渡"。

有了钱，草堂就可以开工了。

开工之时，杜甫对草堂已经有了用心的规划。看来"主人"划拨给他的地够大，不但能让他盖一座房子，还让他可以靠着这地讨些将来的生活。草堂开工是在春天，正是栽树植竹的最好时令。杜甫开建草堂，同时也是在构筑一个园子。钱都花在了草堂的构筑上，营造这个园子的其他材料就要向当地的旧友新识寻求帮助了。一个诗人，唯一的手段也就是写诗。好在那是个诗歌与诗才受到珍视的时代。不像今天，称谁是诗人，好像已经见怪不怪了。

杜甫写了若干首诗向人讨要营建草堂的材料。

第一首诗是讨要桃树苗，他要在园中种一片桃树。作为诗人，他喜欢桃树"来岁还舒满眼花"；作为一个生活无着的人，他要的是桃树结果，"高秋总馈贫人实"——可以自己吃，多出来的还可以拿到集市上售卖。这首诗叫《萧八明府实处觅桃栽》：

奉乞桃栽一百根，春前为送浣花村。

河阳县里虽无数，濯锦江边未满园。

先解题。杜甫讨桃栽的这个人姓萧，排行老八，"明府"是唐代对县令的别称，也就是说，这个人是成都府下辖某县的县令。

他向萧县令要桃树苗，不但规定数量"一百根"，还规定送达的时间地点。这间接反映出当时的时代风习。如若不信，假设在今天，一个失业诗人来到一个地方，给当地县长写一首这样的诗，大家都可以想见会是什么结果。有注杜诗者说，这样做是为了美化环境，这不全面。即便今天，拥有亿元豪宅的人，房前屋后也栽不下这许多树去。想想一百棵桃树栽下去，要多大的地方。这分明是要弄一个规模不算小的桃园。可见"主人"为他"卜"的这块地并不太小。

即便是用这样的便条诗表达诉求，杜甫也在平白如话的诗句中用了一个典，说河阳县里的桃树已经多到无数了。这背后有个故事。晋朝的时候，有个河阳县，在今天的河南省。中国历史上有名的美男子潘岳，也名潘安，在这个县做县令时，"满县皆栽桃花"。

接着,他还要继续为这个围绕着草堂的园子栽种别的都很占地方的东西。唯一的办法还是写诗。这回要的是绵竹县的竹子。

去年冬天,他在下鹿头山进成都前,曾从绵竹县经过,认识了那里姓韦的县令。如今想要竹子,于是又写了一首诗——《从韦二明府续处觅绵竹》:

华轩蔼蔼他年到,绵竹亭亭出县高。
江上舍前无此物,幸分苍翠拂波涛。

讨要竹子的对象是招待过他的绵竹韦姓县令。

去年冬天,他入成都前经过绵竹县,所以说"他年到"。那时就看见县衙里种的竹子品种很好,所以去讨要。

园子够大,房前屋后栽了竹子还不够,还要栽树,要栽生长快、很快成材成荫的树。打听一遍,四川此地生长最快的要数桤木。又写诗《凭何十一少府邕觅桤木栽》:

草堂堑西无树林,非子谁复见幽心。
饱闻桤木三年大,与致溪边十亩阴。

"少府"，是明府的副手，当时叫县尉或县丞。唐代的时候，一个县政府不像现在有这许多干部，主事官也就一正两副。

草堂西边有一道沟，沟西边是块裸地，没有树木，所以要栽听人说三年就能成荫的桤木，为的是造成十亩阴凉。那数量也不是一株两株。

桤木是四川特有树种，古人就说："桤惟蜀有之。"

我们的四川老乡苏轼在有名的《杜工部桤木诗卷》跋语中也说："蜀中多桤木……散材也，独中薪耳，然易长，三年乃拱。"

然后，向人要松树苗，还是写一首诗去，题为《凭韦少府班觅松树子栽》：

落落出群非榉柳，青青不朽岂杨梅。
欲存老盖千年意，为觅霜根数寸栽。

自古以来，松在中国文化中就有某种精神意义。《诗经》的歌唱里有松："如竹苞矣，如松茂矣。"《荀子》更说："岁不寒，无以知松柏。事不难，无以知君子。"

其实成都的气候，并不宜于松之生长。但杜甫不管，要在园中栽几棵松,而且真的就栽了松,一共四棵。

桃桤相生,松竹相映,大环境营造得差不多了。竹篱矮墙的院落中,还要有小的点缀。前面是实用与造景相结合,这回就纯粹是为了营造美景了。于是,再向人要"果栽",我猜度就是各种盆景。为此,杜甫也写了一首诗,叫《诣徐卿觅果栽》:

草堂少花今欲栽,不问绿李与黄梅。
石笋街中却归去,果园坊里为求来。

注意诗题中的"诣"字,是拜望、拜访。人称也不是直接称排行,而是称姓、称卿了。因为这个姓徐的人,不是一般的小县官。这个人叫徐知道,官职是剑南西川兵马使,手握重兵。于是,杜甫进城去拜访他。拜访的具体地方是"果园坊"。唐代的城市,坊在建筑上是基本构成单元,也是治理结构。史载唐代成都城有一百多个坊,名字大多不传。这里,杜甫在诗中为我们留下来一个:果园坊。"果园坊里为求来",求的东西还不止一种,"不问绿李与黄梅"。"黄梅"是蜡梅吧。李花是白色的,"绿李",应该是珍稀品种。

看来草堂这个园子够大的。

房子盖好了,园子里栽了那么多的植物,屋子里还少些生活用具。还是写诗问人去讨要——《又于韦处乞大邑瓷碗》:

大邑烧瓷轻且坚,扣如哀玉锦城传。
君家白碗胜霜雪,急送茅斋也可怜。

杜诗有一个特点,表面看朴实无华,就是诗人的随手书写,但艺术感染力就在这貌似不经意的起承转合之间,在诗意的随处点染处发生。前人论杜诗这个特点叫"工拙相半"。随意,直陈其事,是"拙"。"工",则是非常经意的点染修辞。

金圣叹评此诗说:"一瓷碗至微,却用三四层写意。初称其质,次想其声,又羡其色。先说得珍重可爱,因望其急送茅斋。只寻常器皿,经此点染,便成韵事矣。"

今天写诗的人营造诗意,往往"为赋新词强说愁",离开具体的对象与情境另行生造拔高。而真正胸怀诗意者,是在亲身经历与日常生活中开掘,如此,寻常事便成韵事,日常起居就成了今人常抄荷尔德林的话,所谓"诗意地栖居"。

关于这瓷碗的出处,还可一说。

唐时的四川,有名窑烧制瓷器。杜甫向韦少府讨要的大邑烧瓷就出于当时著名的窑口——邛窑。从汉至唐至宋,在中国,四川一地都是经济生产非常发达的地方,在繁盛的丝织业之外,传统的瓷器生产也占有一席之地,其代表就是邛窑。今天在邛崃一带,还有窑址可供凭吊,比如十方堂遗址。民国年间,四川军阀还曾大面积开掘窑址,将出土的器物拿到市场上出售。当时在华西协合大学古物博物馆担任馆长的外国人葛维汉,曾向国民政府提交对邛窑遗址进行科学发掘的报告,却未获批准。他退而求其次,便在古物市场上紧急收购。今天,我们可以在四川大学博物馆看到馆藏的邛窑精品,得感谢葛维汉等人的抢救之功。

当大邑白胜霜雪的瓷碗送到浣花溪前,杜甫营造草堂的工程便初步完成了。

他满怀欣喜之情,写了《堂成》:

背郭堂成荫白茅,缘江路熟俯青郊。

桤林碍日吟风叶,笼竹和烟滴露梢。

暂止飞乌将数子,频来语燕定新巢。

旁人错比扬雄宅,懒惰无心作解嘲。

这首诗和建草堂之始的《卜居》都采用七言律诗的形式,都是精心营构而成。

背靠城市的草堂建成了,屋顶上盖的是束束整齐的白茅草。从江边早已熟稔的路上望出去,可以看到郊外青碧如洗的田野。桤树挡住阳光,风动叶片,仿佛在吟咏诗章。笼竹上露水颗颗下坠,同时还缭绕着缕缕炊烟。树上憩止着带雏鸟的乌鸦,燕子也频频飞来,在屋檐下筑起新巢。有人说这就是扬雄当年在成都的家嘛,算了,"我"也懒得跟人解释说"我"是老杜,而不是他。

前面说过,杜诗的特点是在叙写中将诗意时时生发,随处点染。如何生发,如何点染,就看诗中所用的那几个字好了:"碍日"的"碍","吟风叶"的"吟","和烟"的"和","暂止"的"暂","语燕"的"语"。杜甫曾夫子自道过"语不惊人死不休",怎么惊人,就是如此惊人。

两首七律，修辞精到，又自然天成，《卜居》写草堂选址，《堂成》写建成之喜，两相映照，读来别有趣味。

好了，在公元760年的深春或初夏时节，草堂建成了。

成都，给了杜甫一个颇为宁谧的安身之所。

杜甫将在这里用一首首诗为成都留下一幅幅生动画像，为世界留下永恒的美丽诗章。

第三章 堂前雨，亭外江

成都，和成都所在的号称天府的川西平原，对来自北方的杜甫来说，印象第一深刻的就是水。这些水——温润的雨，迂曲的江——造成了成都大别于北方的宜人气候和别样的江天画卷。

盖好了草堂，安顿好家小，杜甫带着一颗诗人之心，带着一双发现美的眼睛出游了，览胜观光。

春末夏初，正是多雨的时节，他写下《梅雨》：

> 南京犀浦道，四月熟黄梅。
> 湛湛长江去，冥冥细雨来。
> 茅茨疏易湿，云雾密难开。
> 竟日蛟龙喜，盘涡与岸回。

先解释一个词，"长江"。诗中指的其实是岷江。明代以前，中国人一直以岷江为长江正源。直到明代徐霞客

这个地理学家出现,他亲自踏勘至云南丽江,才认定金沙江为长江正源。《徐霞客游记》说:

"河源屡经寻讨,故始得其远;江源从无问津,故仅宗其近。其实岷之入江,与渭之入河,皆中国之支流,而岷江为舟楫所通,金沙江盘折蛮僚溪峒间,水陆俱莫能溯。在叙州者,只知其水出于马湖、乌蒙,而不知上流之由云南丽江;在云南丽江者,知其为金沙江,而不知下流之出叙为江源。……第见《禹贡》'岷山导江'之文,遂以江源归之,而不知禹之导,乃其为害于中国之始,非其滥觞发脉之始也。"

所以,在杜甫生活的时代,岷江就是长江。甚至今天还有人认为,金沙江是地理意义上的长江之源,从文化上讲,岷江仍可称为长江的文化之源。

再解释一个词,"南京"。在唐代,长安为西京,洛阳为东京。安史之乱后,唐玄宗避乱跑到成都,唐肃宗就给了成都一个"南京"的名号,不过,很快又收回了。

"犀浦",这个地名今天还在,当时是一个县。这首诗写的就是去犀浦游览时道中遇雨的情景。

雨时下时停,时停时下,江水就涨起来了。江中水大,一个个漩涡在岸边盘旋,蛟龙因可以畅游而欢喜。古人相信大的、水深的水里都有蛟龙潜踞。

　　流经草堂门前的江水也因雨而涨。一天早上还没起床，老杜就听到外面的儿童喊涨水了！起床一看，果然。于是写诗记录下这情景——《江涨》：

　　　　江涨柴门外，儿童报急流。
　　　　下床高数尺，倚杖没中洲。
　　　　细动迎风燕，轻摇逐浪鸥。
　　　　渔人萦小楫，容易拔船头。

　　听见儿童喊涨水，下床出门，一看，草堂柴门外的江水比昨天高了几尺。倚着拐杖立在江边，见江中长满水草的沙洲已经被淹没了。燕子迎风，鸥鸟逐浪。渔人把船桨绑在了船身上，为了方便在激流中调转船头。

　　雨过天晴，洪水退去，田野一碧如洗，四望俱是平和静美的景象。杜甫正在家中，见此美景，也不能无诗，于是写《田舍》：

田舍清江曲,柴门古道旁。
草深迷市井,地僻懒衣裳。
榉柳枝枝弱,枇杷树树香。
鸬鹚西日照,晒翅满鱼梁。

南宋蔡梦弼《杜工部草堂诗笺》如此评价:"此诗乐田舍在清江之曲,草深地僻,无干戈之乱,又有榉柳之木、枇杷之果,可以栖息。鸬鹚水鸟,能捕鱼晒翅在于鱼梁之间,而无惊扰也。"杜甫来成都,是为了躲避战乱,得此平和之景,欣喜之情溢于言表。所以,写了田家不够,再写《江村》:

清江一曲抱村流,长夏江村事事幽。
自去自来堂上燕,相亲相近水中鸥。
老妻画纸为棋局,稚子敲针作钓钩。
但有故人供禄米,微躯此外更何求?

这也是杜诗中的名篇。前人评此诗:"有自然之趣,正以浅妙。此所谓眼前景致口头语也。"

前人还说:"首言浣花溪之澄,清江抱村而曲,便写出幽意。当此长夏，更觉其事事幽也。下四句，正言事事幽。"

这样优游安闲生活的得来，有一个前提，即故人要接济钱粮，所谓"供禄米"。如此，安适的生活才能维持下去。所以，杜甫也曾有过躬耕陇亩、自力更生的想法。又或者，他认为寄居乡下，过的已经是农人的生活了。

有诗为证，《为农》：

> 锦里烟尘外，江村八九家。
> 圆荷浮小叶，细麦落轻花。
> 卜宅从兹老，为农去国赊。
> 远惭勾漏令，不得问丹砂。

诗写得真好。

城中烟火漫卷，而城外江村清幽安然，描写精准。

次联写江村风景，对仗工稳。王嗣奭说："细麦，小麦也，以对圆荷，亦称亦雅。"

另一位古人潘大临说："五言诗，第三字要响。如'圆荷浮小叶，细麦落轻花'，'浮'字、'落'字是响字也。所谓响者，致力处也。予窃以为字字当活，活则字字自响。"

这就是古人所谓"炼"字。炼的是动词,炼的是形神俱出。

还用了一个典故。

用的是《抱朴子》作者葛洪事。葛洪好道,为了炼丹药自请去当勾漏县令,未至而止于广东罗浮山。勾漏县,属交趾,在今天的广西北流市。葛洪听说那里盛产炼药的丹砂,便请求去那里当县令。结果赴任的路上,走到广东罗浮山,就得到丹砂,于是便没有继续往前。杜甫用此典的意思是说,有此安恬乡居,做一个不问世事的农夫足矣,既不问国事,更不必去求仙问道了。

"为农",表示的是维持这种安居生活的愿望。真要胼手胝足地躬耕农亩吗?杜甫一生,并没有真正实行。

眼前,还是天府之国的温润之水令他如饮甘醇。请读《春水》:

> 三月桃花浪,江流复旧痕。
> 朝来没沙岸,碧色动柴门。
> 接缕垂芳饵,连筒灌小园。
> 已添无数鸟,争浴故相喧。

这里要说明一下，杜诗中的三月，是农历三月，比今天我们用的公历要晚一个月左右。明白这一点，有助于我们对诗中所写时令的理解。

所以诗中三月，按公历已是四月中了，桃花水涨起来，江水就淹到去年江水高位留下痕迹的地方了，所谓"复旧痕"，并把岸边裸露的沙滩也都淹没了。满江欲溢的江水就在院门外波光激荡。水深了，钓鱼线也要接长一些。水势起来，正好推动水车，把一竹筒一竹筒的江水扬起来浇灌田园。冬天离开的候鸟们也都归来了，在江上捕鱼捉虾，喧腾不已。

三月涨水不算稀奇，还有更早的呢。于是以欣喜之情再写这春水初涨的景象。见此景，应该是在草堂筑成的第二年了，即761年的春天。

还是来看《春水生二绝》吧：

其一

二月六夜春水生，门前小滩浑欲平。
鸬鹚鸂鶒莫漫喜，吾与汝曹俱眼明。

其二

一夜水高二尺强,数日不可更禁当。

南市津头有船卖,无钱即买系篱旁。

"二月六夜春水生,门前小滩浑欲平",无须强解,只随念一遍,那惊喜欣然之情已溢于言表。所以,仇兆鳌说"此章见春水而喜",汪灏说"首言春水江涨,客眼一新"。

"吾与汝曹俱眼明",江上的鸟儿们呀,可不要自鸣得意,泛生的春水把"我"的眼睛映照得和你们的一样明亮!

第二首说,一夜水就涨了二尺有余,再涨几天不知道会怎样。顺着江水往南边去,那里的"津头",也就是码头上有船卖,但手里无钱,不能买一只来系在篱边,以防春水大涨,淹了草堂。这不是抱怨,而是自嘲和调侃。仇兆鳌解此诗,说是"见水至而忧",言重了。陈式倒是个解人,他说:"岂是当真买船,不过形容水涨。"黄生也做此解:"只形容水已近篱耳,出语特趣。"

仇注引罗大经评:"少陵诗有全篇用常俗语而不害其为超脱,如此章是也。"

此一时期中,杜甫写江水、写雨的诗很多。一一列举,已嫌烦冗。但还有两首却不能错过,是杜甫写成都江与雨最著名、传诵最广的篇章。

第一首,《水槛遣心二首》:

其一

去郭轩楹敞,无村眺望赊。

澄江平少岸,幽树晚多花。

细雨鱼儿出,微风燕子斜。

城中十万户,此地两三家。

草堂建成后,杜甫又在江边筑了凉亭——水槛。

他在《江亭》诗中说:"坦腹江亭暖,长吟野望时。"天热的时候,就宽衣袒腹在亭下乘凉。离城有些距离的草堂江边水面宽敞,视野开阔。

接下来是对句。水大的时候,江水和低矮的河岸几乎齐平,青幽的树上开满繁花。

接下来,还是对句。

宋人叶梦得说:"诗语固忌用巧太过,然缘情体物,自有天然工妙,虽巧而不见刻削之痕。老杜'细雨鱼儿出,微风燕子斜',此十字,殆无一字虚设。雨细着水面为沤,鱼常一浮而唼。若大雨,则伏而不出矣。燕体轻弱,风猛则不能胜,惟微风乃受以为势……"

我自己爱杜诗,在乡下买一房,便央书家写了"城中十万户,此地两三家",张挂壁间。

其二

蜀天常夜雨,江槛已朝晴。
叶润林塘密,衣干枕席清。
不堪祗老病,何得尚浮名。
浅把涓涓酒,深凭送此生。

这一首,总写了成都或四川盆地的气候特征。多雨,但常在夜间;早上,却已是天朗气清的晴天;雨后,林丛深密而草树滋润;天晴,衣服干爽而枕席清凉。蜀地还产美酒,醺然陶然,凭此而忘却流年转换。

如此写夜雨,还嫌不够具体,再细细体察夜雨之来法,夜雨之特点。看似随口一吟便有,其实是精心刻画,便有了众口传诵的经典——《春夜喜雨》:

好雨知时节,当春乃发生。
随风潜入夜,润物细无声。

野径云俱黑,江船火独明。

晓看红湿处,花重锦官城。

不是苦雨,是知时应节、当春发生的如油如酥的雨。

"楼外楼头雨似酥。"

"天街小雨润如酥,草色遥看近却无。"

"润雨酥酥流满间,晓梦未醒似春眠。"

喜雨诗,在杜甫以前的历代诗歌中,已多有佳作。南宋时的蜀人赵次公说:"宜雨则曰'喜雨',厌雨则曰'苦雨',曰'愁霖'。自魏晋而下,或赋或诗,皆云然。曹植、张协、谢庄、谢惠连、鲍照、庾信,皆有喜雨诗。"但杜甫此喜雨诗一出,体察物性之精,写事含情,就前无古人了。

春天的夜雨怎么来的?随微风悄然而至的,所以用"潜"字,所以说"无声"。

雨来的时候,乡间野路上空满是乌云,遮断了星月之光。所以,明亮的只有江中船上的微弱灯火。

早上起来一看,花上水光灼灼,锦官城中的众花都因吸饱了水分而饱满低垂。

成都的别名都很美。

蓉城、芙蓉城,美。

锦城、锦官城,也美。

《说文解字》说:"蜀,葵中蚕也。"地有蚕茧之利,加之人民聪慧勤劳,所以织锦业发达。

《华阳国志》说:"张仪、张若城成都。周回十二里。……更于夷里桥南设锦官。"锦官,是在丝织业发达的成都城南设置的专门管理此一行业的机构。

《益州志》说:"成都织锦既成,濯于江水。其文分明,胜于初成。他水濯之,不如江水也。"这就在今天浣花溪至城南一带。有此好水,利于濯锦,于是此段江流就叫了锦江。到汉代,更傍着锦水建锦官城,有点像今天的某某工业园区,集中了相当规模的织锦作坊,织锦成为支柱型产业。蜀锦因此名扬天下。

这么说,也是有证据的。《诸葛亮集》云:"今民贫国虚,决敌之资,惟仰锦耳。"

到了唐代,织锦业更加繁荣,刘禹锡诗:"濯锦江边两岸花,春风吹浪正淘沙。女郎剪下鸳鸯锦,将向中流匹晚霞。"

这也是成都的江、成都的雨所成的造化。

回顾中国诗歌史,在杜甫之前,除陶渊明外,中国诗歌几乎很少有如此全面地涉及日常生活的内容。老杜刚到成都，观察感知地理气象，细致书写，在中国诗歌中开辟出巨大的写作空间，这也是其诗被称为"诗史"的一个重要原因。个人生活史也是大历史的有机组成部分，并非只有关乎历史重大事件的才能称为史笔。用今天的话讲，"史""史诗"并不一定非得全是宏大叙事。这一点上，美国学者哈罗德·布鲁姆说得很对，史诗重要的精神气质在于人的"不懈"。

身处危难，坚韧不拔是不懈；生活安定，发现美——事物之美、生活之美——也是一种不懈。

发现美，并将其加以精心组织与呈现，也是对生活的信心、对生命的热爱。在这一点上，杜甫和同时代的、在当时比他享有更大声誉的王维相比，一个是佛系的消极退隐，一个是儒者的积极入世。

当年，杜甫得以寓居成都，是他在动乱年代巨大的幸运，对于成都这座城市来说，是更大的幸运。有了杜甫的书写，成都这座城市的各个方面，才留下了那么多真切细致、流溢美感的写真诗篇。

第四章 锦城游踪

成都是一座建城史很长的城市。考古证明,早在古蜀国开明氏时期,古蜀政权即已将都城迁移到了成都,并取"一年成聚,二年成邑,三年成都"的说法,将其都城命名为成都。成都这座从建城起便从未改名的城市,到杜甫来时,已经有一千多年的历史了,特别是秦汉至三国魏晋南北朝,已经积淀了深厚的历史文化。

对老杜来说,成都可供游览怀古之处不少。

于是,他出发了。

第一站便是三国遗存武侯祠,作流传千古的名篇《蜀相》:

丞相祠堂何处寻,锦官城外柏森森。
映阶碧草自春色,隔叶黄鹂空好音。
三顾频烦天下计,两朝开济老臣心。
出师未捷身先死,长使英雄泪满襟。

据史籍记载,成都武侯祠于西晋末年,由在成都建立成汉政权的李雄所建。对于李雄,这是为自己的割据政权增加合法性的举措,也许还包含想得到像诸葛亮一样有才能且忠心不二的人来辅佐自己的期盼。

《太平寰宇记》曰:"诸葛武侯祠,在先帝庙西,府城西有故宅。"

《方舆胜览》更说:"在府西北二里。……孔明初亡,百姓遇节朔,各私祭于道上。李雄称王,始为庙于少城内。桓温平蜀,夷少城,独存孔明庙。"

杜甫首站出游就要去这里,显然又是出于另外的情愫:期遇明君。此时的杜甫,已经历唐朝两个皇帝——玄宗和肃宗,都未得重用赏识,内心当然是羡慕诸葛亮之知遇于刘备的。

那时的武侯祠应是门庭冷落,所以起句便是"何处寻"。何处寻呢?锦官城外柏树森森之处。

去了,寻到了。果然是冷清异常。阶草自绿,黄鹂空唱。金圣叹说:"碧草春色,黄鹂好音,入一'自'字、'空'字,便凄清之极。"

关于森森柏树,古籍里也有记载。

宋人田况《儒林公议》记载："成都刘备庙侧，有诸葛武侯祠，前有大柏，围数丈，唐相段文昌有诗，石在焉。唐末渐枯瘁，历王建、孟知祥二伪国，不复生，然亦不敢伐之。皇朝乾德五年（967）丁卯夏五月，枯柯再生，时人异焉。三国至乾德初，历年一千二百余，枯而复生。予皇祐（宋仁宗年号，1049—1054）初守成都，又八十年矣，新枝耸云，并旧枯干并存，若虬龙之形。"

杜甫去时，祠中老柏正生机勃发，眼前景庄严寂寥，三国旧事更是历历在目。说的是：刘备三顾茅庐，礼贤下士，诸葛亮鞠躬尽瘁，死而后已；虽然复兴汉室之举功败垂成让人扼腕，但君臣际会、相托相依的故事却让人数百载后依然泪下沾襟。

王安石说此诗："非止咏孔明，而托意在其中。"

从技巧上讲，浦起龙的《读杜心解》说："五、六，实拈，句法如兼金铸成，其贴切武侯，亦如镕金浑化。"

考诸史实，《三国志·蜀书·诸葛亮传》云："先主于永安病笃，召亮于成都，属以后事，谓亮曰：'君才十倍曹丕，必能安国，终定大事。若嗣子可辅，辅之；如其不才，君可自取。'亮涕泣曰：'臣敢竭股肱之力，效忠贞之节，继之以死。'

"（建兴）十二年（234）春，亮悉大众由斜谷出，以流马运，据武功五丈原，与司马宣王对于渭南。……相持百余日。其年八月，亮疾病，卒于军，时年五十四。及军退，宣王案行其营垒处所，曰：'天下奇才也。'"

继续出游，从城西去往城北。

到武担山，写《石镜》：

蜀王将此镜，送死置空山。
冥寞怜香骨，提携近玉颜。
众妃无复叹，千骑亦虚还。
独有伤心石，埋轮月宇间。

"石镜"，历史也久，是古蜀国在成都留存的少有的地面遗迹，在今成都新华宾馆内，为一小丘，有榕树亭亭如盖。

《华阳国志》曰："武都（今甘肃地方）有一丈夫，化为女子，美而艳，盖山精也。蜀王纳为妃，不习水土，欲去，王必留之。乃为东平之歌以乐之。无几物故，蜀王哀之。乃遣五丁之武都，担土为妃作冢，盖地数亩，高七丈，上有石镜。今成都北角武担是也。"

《太平寰宇记》亦云："（冢）上有一石，厚五寸，径五尺，莹彻号曰石镜。"

只是今天墓丘还在，上面的石镜已经渺不可寻了。

还有一个古迹，离浣花溪很近，比万里桥还近，那就是司马相如的琴台。杜甫也去凭吊过了，留了诗篇，也叫《琴台》：

> 茂陵多病后，尚爱卓文君。
> 酒肆人间世，琴台日暮云。
> 野花留宝靥，蔓草见罗裙。
> 归凤求凰意，寥寥不复闻。

诗意很明白，不解释了。

这一年多时间里，杜甫频繁出游，去了不少地方，而且不止是在城里转悠，还去了城外。去青城山，有诗《丈人山》。他的出游，一来，是为游览名胜；二来，也是衣食无着，找熟人寻求资助。比如去蜀州（今四川崇州），就是因为高适转任了该州刺史，有诗《和裴迪登蜀州东亭送客逢早梅相忆见寄》。那时，去蜀州要过新津，他也留诗好些首，比如《游修觉寺》和《和裴迪登新津寺寄王侍郎》。成都郊县中，杜甫写新津的诗最多。还有《题新津

北桥楼》《暮登四安寺钟楼寄裴十迪》,还有再游修觉寺的《后游》:

> 寺忆曾游处,桥怜再渡时。
> 江山如有待,花柳更无私。
> 野润烟光薄,沙暄日色迟。
> 客愁全为减,舍此复何之?

这本书小,容量有限,有些诗只能略过不表。但有两首歌行体诗,不但写成都古迹,也写当地人性情,应该讲讲。

一首是《石笋行》:

> 君不见益州城西门,陌上石笋双高蹲。
> 古来相传是海眼,苔藓蚀尽波涛痕。
> 雨多往往得瑟瑟,此事恍惚难明论。
> 恐是昔时卿相墓,立石为表今仍存。
> 惜哉俗态好蒙蔽,亦如小臣媚至尊。
> 政化错迕失大体,坐看倾危受厚恩。
> 嗟尔石笋擅虚名,后来未识犹骏奔。
> 安得壮士掷天外,使人不疑见本根。

"益州",向来也是成都的别称。古人所谓"扬一益二",就是论天下富庶,扬州第一益州第二的意思。

《水经注》说:"汉武帝元朔二年(前127),改梁曰益州,以新启犍为、牂柯、越巂,州之疆壤益广,故称益云。"

"石笋"又是什么?写四川古代地理历史最翔实的《华阳国志》说,古蜀国,"每王薨,辄立大石,长三丈,重千钧,为墓志,今石笋是也"。

宋人黄希、黄鹤父子的《黄氏补注杜诗》云:"石笋在衙西门外,仅百五十步,二株双蹲,一南一北。北笋长一丈六尺,围极于九尺五寸。南笋长一丈三尺,围极于一丈二尺。南笋盖公孙述时折,故长不逮北笋。"

了解了这个史实,这首诗就好懂了。

杜甫在成都时,这对"双高蹲"的大石头还在,人称石笋。因为这石笋,当时还有一条街名叫石笋街。杜甫进城出城之际时常经过,去徐知道家求树栽的诗里还写过"石笋街中却归去"。只是那地儿不是今天成都市区那个石笋街的所在了。

古代很多不同族群的人都有大石崇拜,古蜀人亦是如此。今天成都城中还有这种崇拜的遗存,比如天涯石,比如支矶石。石笋是古蜀王墓表,这是显而易见的。但当时好多成都人不这样认为。他们认为这里是海眼,这石笋立在这里,就是用来塞住海眼的。杜甫到了跟前去看,除了石笋接地的根部长满青色苔藓外,并没有与海相关的任何痕迹。成都百姓为什么这么传说呢?往往是在大雨之后,泥土下会露出很多如珠的小彩石来,即所谓"瑟瑟"、瑟珠。其实,这些石头也有来由。

《酉阳杂俎》说:"蜀石笋街,夏中大雨,往往得杂色小珠,俗谓地当海眼,莫知其故。"

赵清献《蜀都故事》说,石笋,"云珍珠楼基也。昔有人于此立寺,为大秦寺,其门楼十间,皆以珍珠、翠碧贯之为帘。后摧毁坠地。至今基脚在。每有大雨,其前后,人多拾得珍珠、瑟瑟、金翠异物"。

但这里的人,不信事实,偏偏迷信没根没据的神话,就像皇帝喜欢听小人媚上的谎言一样,就像当时的肃宗皇帝盲目信任权奸李辅国一样。唐朝之由盛转衰,前有李林甫、杨国忠,后有李辅国,这些人都是为一己之恩宠不顾国家天下之倾危者。而这种人的横行当道,除了皇帝自断言路,何尝不与民人迷信,易受蒙蔽不求真相大有关联!

所以，他才恨不得用千钧之力，要把这两尊巨石连根拔起，掷向天外，让人看看，下面到底是海眼，还是什么东西。

成都好，气候温润，江水丰沛，春雨如酥。成都百姓待杜甫不薄。他在好多诗章中对此都有表述，并心存感激。但他坚持原则，有一说一，有二说二，对成都人性情中的毛病，他还是不客气地指了出来。

再一首，也写成都所见，对当地人的批评也很犀利。

《石犀行》：

> 君不见秦时蜀太守，刻石立作三犀牛[*]。
> 自古虽有厌胜法，天生江水向东流。
> 蜀人矜夸一千载，泛溢不近张仪楼。
> 今年灌口损户口，此事或恐为神羞。
> 终藉堤防出众力，高拥木石当清秋。
> 先王作法皆正道，诡怪何得参人谋。
> 嗟尔三犀不经济，缺讹只与长川逝。
> 但见元气常调和，自免洪涛恣凋瘵。
> 安得壮士提天纲，再平水土犀奔茫。

---

[*] 亦有版本作"五犀牛"。——编者注

这个"石犀",就是石头雕塑的犀牛,和秦蜀守李冰开都江堰,构造川西平原灌溉与通航系统有关。

《华阳国志》说:"作石犀五头以厌水精,穿石犀溪于江南,命曰犀牛里。后转为耕牛二头,一在府市市桥门,今所谓石牛门是也,一在渊中。"

张仪楼是当时成都的地标之一。《元和郡县志》记载:"初仪筑城,屡颓不立,忽有大龟周行旋走,巫言依龟行处筑之,遂得坚立。城西南楼,百有余尺,名张仪楼,临山瞰江,蜀中近望之佳处也。"

"厌",通"压"。"厌胜",以诅咒或其他方法压服或镇压。

"瘵",病也。

这诗也是批评成都人的迷信。迷信石笋塞的是海眼,这倒也无妨,反正海水也不会真的从那里冒出来淹了成都。但靠迷信治水而不重堤防,那问题可就大了。

川西治水,源远流长。中国最早治水卓有功劳的大禹,就生于川西岷山,所谓"禹生西羌"。秦蜀守李冰修都江堰。汉蜀守文翁除大兴文教之外,还在彭州治湔江,"东别为沱"。这才造就了水旱从人的天府之国。但成都人似乎不记得这些,不以为这水旱从人是"高拥木石"、淘滩筑堤之功，反倒相信是这几头石犀牛镇压住了水精，所以洪水"泛溢不近张仪楼"。

所以，才造成"今年灌口损户口，此事或恐为神羞"。"灌口"，就是都江堰。治水之地反遭水淹，死了人，倒了房，这哪是神羞，分明是人羞。这批评可谓严厉。

当然，此诗也是借机批评小人当道，皇帝昏庸，朝纲不振。时唐肃宗佞佛，乾元元年（758），就曾在宫中大做法事，"置道场于三殿，以宫人为佛菩萨，北门武士为金刚神王，召大臣膜拜围绕"，当为杜甫所亲见。

我们说杜甫是现实主义诗人，他对雨与江的记录是现实的自然或自然的现实。人性委顿，没有求真的愿望，躺在前贤造就的庇荫下人云亦云，不思创造，是人生，是社会现实。他对自然之美竭尽讴歌，但面对人性弱点、社会现实做这样的批判，在今天也还有很强的现实意义。直到今天的科学时代，迷信也并未消失，小富即安、不思进取的心性，也并未消失。成都人不能只阅读只记诵杜甫表扬成都物华天宝的诗章，也要明白杜诗给我们提供了反思的空间。

虽然杜甫在前两首诗中对蜀人有讽喻有批评，但与其说这是针对蜀人，倒不如说是对中国社会文化病象的普遍揭示。所以，今天的蜀人也不必为被杜甫揭过短而不高兴。因为，杜甫对成都的确是热爱的。

再说回诗本身，这两首诗是歌行体，体例上在当时是古体诗，其起源在乐府诗。"行"和"歌"都是乐府诗的名目，三曹的乐府诗很多都叫"行"，如曹操的《薤露行》《步出夏门行》，曹丕的《饮马长城窟行》，曹植的《艳歌行》《对酒行》，或歌行合称的《燕歌行》。

"歌"，是一种能配乐的乐府诗，后来就渐渐与音乐脱离了。"行"，是说它的声调可以像奔马一样，有一种张弛缓急的变化。

发展到唐代，歌行体题材更加多样，涉及的生活面更加广阔，艺术上也达到高峰。特点是不拘束于行数、字数、声律和对仗，可以不断转韵，形式上更加自由。七言为主体，间以二、三、四、六、九等。可以认为是那个时代的自由体诗歌。

明代胡震亨《唐音癸签》云："题或名歌，亦或名行，或兼名歌行。歌，曲之总名。衍其事而歌之曰行。歌最古。行与歌行皆始汉，唐人因之。"

歌行体在唐也有不以"歌""行"两字见题者，如李白的《蜀道难》《梦游天姥吟留别》等，如杜甫自己的名篇"三吏""三别"等。

美国人宇文所安在《初唐诗》中说:"盛唐之前,七言诗的语言一般较少修饰,句法较直接,并常用乐府题材。""在初唐的最后几十年,七言诗闯入正规宫廷诗,这表明了宫廷趣味的普及化。在中宗朝,七言律诗得到广泛的运用,并受支配于五言宫廷诗相同的修辞风格。但是甚至在此之前的武后朝,七言诗就以歌行的形式流行,并往往掺杂着三言和五言句。现存的一些轶事表明,武后特别喜欢七言歌行,这是不足为奇的,因为她缺乏那些有造诣的朝臣的文学修养,自然偏爱七言歌行的蓬勃生气,不喜欢僵硬呆板的五言宫廷诗。"

第五章 友邻与画师

以杜甫的诗证他的生活，可以看出他是个充满生活热情的人，修养深厚，兴趣广泛。

他一到成都，不但与自然风光亲近，还从人们见惯不惊的景象中探幽抉微，见人之所未见，言人之所未言。在人际交往方面，似乎也很容易就和周围打成了一片。这和我们见惯的画中的杜甫和塑像的杜甫总是愁绪满怀、落落寡合的形象不大一样。

草堂虽然地僻路偏，人烟稀落，但还是有些不一样的邻居，他很快就与他们熟悉起来，相与往还。

《北邻》：

明府岂辞满，藏身方告劳。
青钱买野竹，白帻岸江皋。
爱酒晋山简，能诗何水曹。
时来访老疾，步屦到蓬蒿。

首两句说，草堂北边的邻居是一位不到任满就辞官退隐的县令。他买了野竹栽在宅子周围。"青钱"，就是青铜铸成的钱。这位前县令常戴着平民的白头巾，露着高而光的额头在江岸边走动，风度像是古代的两个名士——山简与何逊。山简是西晋时人，《晋书》说他"惟酒是耽"。何逊是南朝梁人，《梁书》说"何逊，字仲言"，"八岁能赋诗"。北邻这位前县令，像山简一样爱喝酒，和何逊一样爱作诗，见杜甫漂流在异乡，多病多忧，便常常来看望他。

除了这位北邻，南边的邻居也很有意思。

《南邻》：

> 锦里先生乌角巾，园收芋栗不全贫。
> 惯看宾客儿童喜，得食阶除鸟雀驯。
> 秋水才深四五尺，野航恰受两三人。
> 白沙翠竹江村暮，相送柴门月色新。

北边的邻居戴白头巾，隔着江，是南边的邻居，他喜欢戴折角的黑头巾。这样的打扮，有道家气象，和戴白头巾的北邻相映成趣。这个人薄有家产,地里也有些收成,"园收芋栗不全贫"。他一定是一个很好客的人,因为他家的儿童看到客人都感到欢喜,连鸟儿都喜欢到他家庭院里来寻找食物,自在得像家养的一样。天高气爽的秋天,白天,他撑着能坐两三个人的小舟接杜甫过江做客,黄昏时分送客回家已是月色初照。

这位南邻姓朱。这我们也是从杜甫诗中得知的。
《过南邻朱山人水亭》:

> 相近竹参差,相过人不知。
> 幽花欹满树,细水曲通池。
> 归客村非远,残樽席更移。
> 看君多道气,从此数追随。

两家人隔江为邻,相距很近。江两岸还有竹林掩映,彼此往还时别人都看不见。经过的路很幽静,树满枝放花,顺着曲折的水流可以直接到达他家门前的池塘。杜甫归家经常很晚,不是因为路远,而是因为主人热情,都吃完晚饭了,还要再移席把坛中的剩酒喝完。

杜甫一生,是儒家情怀,但也不避与释道往还。

天宝三载（744），仕途失意的他，就曾和李白一起在山中访过道："弟子谁依白茅屋，卢老独启青铜锁。巾拂香余捣药尘，阶除灰死烧丹火。"

当时，李白受了符箓，形式上就是正式出家为道了。杜甫适可而止，回到俗世。但这问过道的底子，足够他和有道家气的"乌角先生"把酒言欢、谈玄论道了。"看君多道气，从此数追随。"

老杜艺术修养深厚，年青时起就与音乐家、画家多有交往。到了成都，遇到一个在长安时就已相识的画家韦偃，他此时也避乱寓居成都。

韦偃是那个时代入了美术史的大画家，画马可与韩干（幹）匹敌。张彦远《历代名画记》说他画马之外，还工山水、高僧、奇士、老松、异石，笔力雄健，风格高举。而杜甫年轻时代就喜欢写马和鹰。写马，"竹批双耳峻，风入四蹄轻"；吟鹰，"何当击凡鸟，毛血洒平芜"。描写生动外，其中寄寓的，是安世济民的雄心壮志。

杜甫和韦偃，在长安时就已认识。于是，韦偃来到新建成不久的草堂，知道杜甫爱马，也许还读过杜甫以前写骏马的诗篇，比如《房兵曹胡马》："所向无空阔，真堪托死生。"此时，韦偃见草堂壁上空着，直接挥笔为他画了两匹骏马。

杜甫欣喜地为之题诗一首，《题壁上韦偃画马歌》：

> 韦侯别我有所适，知我怜渠画无敌。
> 戏拈秃笔扫骅骝，欻见骐驎出东壁。
> 一匹龁草一匹嘶，坐看千里当霜蹄。
> 时危安得真致此？与人同生亦同死。

韦偃到草堂是来和老友杜甫告别的，避乱之中的人"有所适"，要去别的地方。他知道"我"喜欢他技冠天下的画，拿起大笔一阵狂扫，倏忽之间，两匹骐驎一样的骏马就出现在东壁之上。一匹正在低头吃草，一匹昂首嘶鸣。其白如霜的四蹄苍劲有力，看上去随时都可以奔驰千里。这样的好马，真可以托付生死。至此，老杜又忍不住发出感叹：在这乱世之中，真能得到如此良驹？又或者，如真有这样与人同生共死的良驹天马，又能为世所知所识吗？

今天的草堂，要是东壁上韦偃笔下的这两匹骏马还在，那真的就珍如拱璧了。可惜的是，历史上的杜甫草堂,屡次毁败于荒烟乱草中,历经重建,已经不再是当年杜甫辛苦营建的模样了。

但无论如何,韦偃前去辞行的那一天,草堂之中,一定是置酒欢会,谈艺论文,笑语喧阗。

壁上画了马,杜甫还嫌不够,酒酣话稠之时,杜甫要韦偃再赐墨宝。你画马这么好,画松更加有名,那就再替"我"画幅松树吧。韦偃画了,杜甫又用诗记下来了。

诗名《戏韦偃为双松图歌》:

>天下几人画古松,毕宏已老韦偃少。
>绝笔长风起纤末,满堂动色嗟神妙。
>两株惨裂苔藓皮,屈铁交错回高枝。
>白摧朽骨龙虎死,黑入太阴雷雨垂。
>松根胡僧憩寂寞,庞眉皓首无住著。
>偏袒右肩露双脚,叶里松子僧前落。
>韦侯韦侯数相见,我有一匹好东绢,
>重之不减锦绣段。
>已令拂拭光凌乱,请公放笔为直干。

《白石诗话》说这首歌行"体如行书曰行,放情曰歌"。这首诗真是放情而歌。

先写韦偃画出来的松。韦偃不惜笔墨,一画就是苍老双松:薜皮惨裂,交枝屈铁,骨棱如龙虎,接天迎雷雨。静物画出动态。又偏有一老僧,袒肩露脚,坐禅树下,任松子崩落。动势中又偏偏写出渊静之态。

接下来才补写如何请韦偃为之作画。理由是"我"有一匹上好的东绢,一直珍藏着,就等着韦侯你这等高手着墨才相匹配呢。你看,"我"把这匹好绢展开时,上面映照的光影如水波凌乱,请你放笔"为直干",画出松干遏云天的气韵吧!

东绢,确实珍贵,确实有来头。

清代王士禛《池北偶谈》云:"蜀盐亭县有鹅溪,县出绢,谓之鹅溪绢,亦名东绢。子美诗'我有一匹好东绢'是也。"

盐亭县是发明蚕桑丝织的嫘祖的故乡,唐时就有丝织上品东绢名闻天下。

可惜,这画今已不传。

杜甫交往的画家,不但有韦偃这样的长安旧友,还有新结识的蜀地画家,依然有诗为记,《戏题王宰画山水图歌》:

十日画一水，五日画一石。

能事不受相促迫，王宰始肯留真迹。

壮哉昆仑方壶图，挂君高堂之素壁。

巴陵洞庭日本东，赤岸水与银河通，

中有云气随飞龙。

舟人渔子入浦溆，山木尽亚洪涛风。

尤工远势古莫比，咫尺应须论万里。

焉得并州快剪刀，剪取吴淞半江水。

王宰，四川本地人，著名画家。《历代名画记》说他多画蜀中山水，玲珑嵌空，山水松石，都可跻于妙品上品。

由杜甫此诗看，这个人作画认真细致，"十日画一水，五日画一石"，与韦偃落笔迅疾如风恰成对照。老杜如何夸王宰画得好的诗句不必细细分析，背后，他想向人讨画的动机却是显而易见。可见索名人字画，古已有之。一来，当然是爱好艺术，讨来珍藏把玩；二来，急难时换点衣食怕也是题中应有之义。对流离中的杜甫来说，恐怕两者是兼而有之吧。

杜甫在成都，得人帮助照顾多，而他对邻里，也是关心的。他在浣花溪还有一个邻居,是个爱酒之人,姓斛,名唤斯融。杜甫有诗:"走觅南邻爱酒伴,经旬出饮独空床。"还在诗后自注:"斛斯融,吾酒徒。"就是说,他们之间,也是常相往来的。斛斯融和杜甫一样爱酒,但不懂节制,常常出了远门,久不归来,引得杜甫牵挂。老杜曾作诗《闻斛斯六官未归》:

故人南郡去,去索作碑钱。
本卖文为活,翻令室倒悬。
荆扉深蔓草,土锉冷疏烟。
老罢休无赖,归来省醉眠。

朋友去南郡了,说是去讨要替别人作碑文的钱。本来有才,可以卖文为活,但酒喝太多,令自己穷困潦倒。这一出门,久不归来,令杜甫挂念不已,未见面即已上规劝。

《容斋随笔》记:"作文受谢,自晋宋以来有之,至唐始盛。"这是说,为人作文作记,而得些润笔,从晋到南朝的宋代就已经有了。到了唐朝,这种风气就更加兴盛起来。杜甫在成都时,就为唐兴县(今四川蓬溪)作过此类文章，如《唐兴县客馆记》。他在此记中说："中兴之四年，王潜为唐兴宰，修厥政事。……咨于官属、于群吏、于众庶曰：'邑中之政，庶几缮完矣。惟宾馆上漏下湿，吾人犹不堪其居，以容四方宾，宾其谓我何？'"

再两年，杜甫避乱梓州（今四川三台），后回到草堂，再访斛斯融，他已不在人世，深深感伤，作《过故斛斯校书庄二首》。这里选其一：

> 此老已云殁，邻人嗟亦休。
> 竟无宣室召，徒有茂陵求。
> 妻子寄他食，园林非昔游。
> 空余穗帷在，淅淅野风秋。

回到草堂，见斛斯融不在。问起他的情况，邻居说他已经死了。这个酒徒其实颇有才华，却不能像贾谊一样有汉文帝从长沙征他入朝，在宣室中问他鬼神之事。这是用典，说斛斯融没有贾谊那样幸运。接下来，还是用典，这回用的是司马相如的故事。司马相如当年在长安，因病退居于茂陵。汉武帝听说他病重，将不久于人世，便派人去取司马相如的文章。使者到达时，司马相如已经去世。使者还是从司马相如妻子那里得到遗书。斛斯融没有这样的运气，死后，所写的那些文章都不知去了哪里，他的妻子儿女也去了别处谋生，家中园林已经荒芜。只有门窗上的败穗残帷，在凄凉的秋风中飘动。

所以杜甫在感叹"素交零落尽"时，禁不住"白首泪双垂"。

也足见杜甫对朋友的情感之深了。

第六章

流离的酸辛

杜甫在成都安居下来，但不是隐居。

隐居不出是不可能的，因为一家人的生活还有赖于别人的襄助。所以也许是天性便乐于交际，也许是需要与有能力资助他生活的人时常联系，他在成都，一直保持着相当多的社交活动。很多时候，他主动进城去拜访别人，吃一顿好饭菜，他爱酒，自然还要喝一通，醺醺然，才踏上回浣花溪边草堂的路。

《西郊》：

> 时出碧鸡坊，西郊向草堂。
> 市桥官柳细，江路野梅香。
> 傍架齐书帙，看题减药囊。
> 无人觉来往，疏懒意何长。

古籍载，成都有一百多个坊，坊名多不传。杜甫在果园坊之后,在诗中又留下了一个坊名:碧鸡坊。

"市桥"也是那时一个真实的地名。《华阳国志》记载:"西南石牛门曰市桥。"《益州记》也说:"冲星桥,旧市桥也。在今成都县西南四里。"据说就在今天的同仁路口附近。

杜甫去城中某家做客,做完客了,从碧鸡坊出城,往西郊回草堂。经过市桥,目之所见的是初春景象。垂柳枝枝细弱,野梅树树生香。这情景,南宋的陆游也曾见过,有诗为证:

当年走马锦城西,曾为梅花醉似泥。
二十里中香不断,青羊宫到浣花溪。

朋友间往还,当然愉快舒爽。但很多交游,却是为了生计而迫不得已。

很多时候,杜甫入城去,不纯是为了社交,而是要向人求助,乡下一家子吃饭穿衣的问题还要解决。拜望过给他"卜居"划地的裴冕没有?老杜没有留下文字,本着"有一分材料说一分话"的治史原则,不去推测。裴冕为他划地应是一月。然后,三月份,裴冕就调回长安朝中,任尚书省右仆射了。

继任节度使的人姓李,叫李国贞,是唐朝宗室。

李国贞一上任,杜甫当即写了一首诗呈送给他——《奉酬李都督表丈早春作》:

> 力疾坐清晓,来时悲早春。
> 转添愁伴客,更觉老随人。
> 红入桃花嫩,青归柳叶新。
> 望乡应未已,四海尚风尘。

在战乱中颠沛流离数年的杜甫,此时身体已经不好,到成都安定下来后,自己也懂些药理,调养将息,却没有大起色,因此已经数次在诗中叹息过"患气经时久""老病人扶再拜难"等等。这一开篇,又是说病,目的自然是引起同情。人已不堪,好在春光尚好。但望乡未已,四海风烟,家国之思,更添愁绪。李国贞如何回应对待杜甫,史籍无载。他在成都时间不长,很快又调回朝中任职去了。

一方镇守大员频繁变换之际,便有人起而作乱。作乱的是今天三台县的梓州刺史段子璋。这个人领兵起事,杀了他的顶头上司东川节度使，自称"梁王"。接李国贞西川节度使任的崔光远督兵平乱，用一员猛将叫花惊定*。花惊定在绵州（今四川绵阳）大破叛军，斩段子璋，有功于国。时在公元761年。杜甫有诗记其事其人，《戏作花卿歌》：

成都猛将有花卿，学语小儿知姓名。
用如快鹘风火生，见贼惟多身始轻。

"鹘"，是猛禽，形容花惊定这个将军行动凶猛快迅，武功高强，敌人越多而越发斗志昂扬，身手矫健。

绵州副使著柘黄，我卿扫除即日平。
子章髑髅血模糊，手提掷还崔大夫。
李侯重有此节度，人道我卿绝世无。
既称绝世无，天子何不唤取守京都。

"柘"，是一种树木。古人从这种树中取颜料染纺织物，其色黄中略带赤，称"柘黄"，隋唐以来一直作为帝王的专用服色。

---

* 一作花敬定。——编者注

段子璋谋反，穿上帝王的柘黄袍没多长时间，就被花惊定取了项上人头。这头颅血肉模糊，被花将军掷在了崔光远跟前。"崔大夫"，那时当节度使的人，往往还在朝中另有头衔，这头衔一般还比节度使品级更高，崔光远是御史大夫的头衔。

花将军勇猛，但也很残暴。史载他战胜叛军后，便在绵州等地纵兵抢掠，杀死几千无辜百姓。史书中一个很典型的情节，说其部下见妇人手臂上有金钏，都懒得去捋下来，而是直接挥剑斩取。"学语小儿知姓名"，恐怕也与此有关。

杜甫与他，却有过从。

如果不以道德家的标准求全责备，就可以理解流离之中的杜甫为何必得放低身段，以求高位者佑助，这反倒是一幅真实人生的辛酸图景。有些势大权重、胡作非为的人也曾接纳帮助过他，这是真实历史。其中如花惊定这样的人，在历史上，伦理道德上不是完人，但杜甫为生计也不避过从。

此书既名为诗传，还是以杜诗为证。

这里引杜甫写给花惊定的第二首诗，这也是他写成都的名诗，《赠花卿》：

锦城丝管日纷纷，半入江风半入云。

此曲只应天上有，人间能得几回闻？

好诗！抽离了写作背景，当成对成都的纯粹赞美，更是好诗！今天，大家读这首写成都的诗，是当成颂诗来读。既然是诗无达诂，那诗亦可自诂。

但杜甫本意，却与我们今天的理解相去甚远。

花惊定在府第中大开宴会，乐队助兴，丝竹管弦，歌吟之声直冲云霄，并随江风徐徐飘飞。此诗从表面看是写宴乐景象，暗中却含有讽喻之意。讽喻什么呢？讽喻花惊定不该如此奢靡骄纵，特别是用这样的乐队，有超乎礼制的僭越之嫌。这才是"此曲只应天上有，人间能得几回闻"背后的意思。这个"天上"，是指皇宫。

当然，今天大家抽去这个具体背景，只做字面解，说成都当时的繁华，也无不可。杜甫到成都作的第一首诗《成都府》中有"喧然名都会，吹箫间笙簧"，就是这个意思。

明代四川名人杨升庵说："花卿，名敬定，丹棱人，蜀之勇将也，恃功骄恣。杜公此诗讥其僭用天子礼乐也，而含蓄不露，有风人言之无罪，闻之者足以戒之旨。"

在今天的道德家看来，这样的人杜甫是不该去见的，但他见了，而且不止一次。同样的人，还不止花惊定一个，比如杜甫亲自进城向其讨要过"绿李与黄梅"的徐卿徐知道。他是剑南西川兵马使，掌握更多军队，更加位高权重。杜甫也不止一次去看过他，还作诗夸奖徐知道的两个儿子。

《徐卿二子歌》：

君不见，徐卿二子生绝奇，感应吉梦相追随。
孔子释氏亲抱送，并是天上麒麟儿。
大儿九龄色清彻，秋水为神玉为骨。
小儿五岁气食牛，满堂宾客皆回头。
吾知徐公百不忧，积善衮衮生公侯。
丈夫生儿有如此二雏者，名位岂肯卑微休。

去人家满堂宾客的盛宴上享受了佳肴美酒，临走还得点馈赠，总是要说点好听的话感谢人家。说什么好呢？太肉麻的话说不出来，夸夸主人家未谙世事的两个儿子吧。九岁的儿子长得文静，就夸他如秋水润玉。小儿子性格粗犷些，就夸他气壮如牛。

对诗人来说，还是离开了这种不得已的周旋，出城，走在归回草堂的路上，更令他身心两宽。

《出郭》：

> 霜露晚凄凄，高天逐望低。
> 远烟盐井上，斜景雪峰西。
> 故国犹兵马，他乡亦鼓鼙。
> 江城今夜客，还与旧乌啼。

同样都是写出城回草堂，《西郊》是初春，而这一首，字里行间透出的已经是秋日气象了。

霜烟雾气弥漫，本来高旷的天空就显得低矮了。

重要的是写出当时成都城西郊原有盐井。含盐的卤水从井中抽出来，还要用火熬制，所以有"远烟"。秦时，李冰开都江堰，同时也在广都开盐井。广都，就是今天的双流一带。

唐代制盐，有三种方式。一种海盐，沿海生产；一种池盐，取自北方盐湖；再有就是井盐，四川就有很多。

《新唐书·食货志》说，唐代有"（盐）井六百四十，皆隶度支"。"度支",是户部下辖专门管理全国财政与会计的部门。

当时的四川,盐井很多。"邛、眉、嘉有井十三,剑南西川院领之。"这是说,剑南西川的邛州(今四川邛崃)、眉州(今四川眉山)和嘉州(今四川乐山),就有盐井。

东川节度使所辖地更多:"梓、遂、绵、合、昌、渝、泸、资、荣、陵、简有井四百六十。"其中的简州,即今天的简阳,已经是成都的一部分了。

从斜照的日光中看见西边的雪山。西望雪岭这个景象,杜甫不止一次写过,最有名的当然是"窗含西岭千秋雪"那一句了。

更重要的还是挂念"犹兵马"的北方家乡,挂念天下安危。这一年,史思明子史朝义弑其父,继续作乱中原。其实,远在西南的成都也鼓鼙相闻,何尝安宁?杜甫写此诗时,花惊定杀了叛将段子璋,并没有乘胜猛追穷寇,而是借平定叛乱之由大掠东川,发国难财,天下难安。

国势动荡,家乡欲归不得,现下的成都也未必就是宜于久居之地。无奈之中,生活还要继续。

寄人篱下,时常缺钱缺米,日子难过,回到草堂难免要发点牢骚,感时之不遇。

《狂夫》:

> 万里桥西一草堂,百花潭水即沧浪。
> 风含翠筱娟娟净,雨裛红蕖冉冉香。
> 厚禄故人书断绝,恒饥稚子色凄凉。
> 欲填沟壑唯疏放,自笑狂夫老更狂。

"万里桥",今天还在锦江边,老南门外,溯江向西便是浣花溪杜甫草堂。

其间,今天还有一个百花潭公园,当时那里是一个湖,而且没有今天的一环路将其和浣花溪隔断。百花潭虽只是一潭静水,但在心忧天下的杜甫那里,也可以大海般波翻浪卷。

颔联,也就是第三、四句,把环境之静美写得太出彩了。

风中翠竹,对雨中红荷;"娟娟净",对"冉冉香"。

但风景优美不等于岁月静好。

接下来的五、六句,即颈联一转折,却是生存的困窘。

俸禄丰厚的故人连书信也不通了，年纪幼小的儿女经常处于饥饿的状态。

再这样下去，真就可能在哪一天倒为饿殍，填诸沟壑了。是什么造成这种情形的呢？是自己性格中的狂傲疏放，不肯随波逐流。改得了吗？改不了了。性格即命运。那就听从命运的安排，一路狂傲疏放下去，便只好"自笑狂夫老更狂"了。

这样的"狂"，这样的"不合时宜"，其实是一种士人的独立精神。这种精神，在中国诗学传统中源远流长。屈原放逐，陶渊明归隐，都属于这个精神谱系。其实，这也是中国人衡量政治是否清明的一个标志。汉学家宇文所安把这个传统命名为"贤人失志"。杜甫年轻时，在开元盛世屡试不第，直接的原因，正是奸相李林甫要造成"野无遗贤"的虚假的清明局面。

《狂夫》这首诗还留下一个后世聚讼的线索，谁是"书断绝"的那个故人？

有厚禄的故人，杜甫在成都只有两个，一个裴冕，一个高适。

杜甫写这诗时，裴冕离开成都去长安已经几个月了，只有高适还在彭州刺史任上。杜甫还写过一首《因崔五侍御寄高彭州一绝》的短诗给当年同李白一起壮游过梁宋的故人高刺史，目的就是催他接济：

百年已过半，秋至转饥寒。
为问彭州牧，何时救急难？

但高适似乎没有理会他。可能刺史工作忙，无暇理会。从一般人情推导，救急救难，也架不住一而再，再而三。不久，高适又转往蜀州，即今天的崇州市任刺史，杜甫还往蜀州去过，却没留下与高的酬唱或记事。朋友之情，大概也因地位悬殊而生乖张。

也许是老友的疏慢，让杜甫想起十几年前同游天下的李白来了。他写下《不见》：

不见李生久，佯狂真可哀。
世人皆欲杀，吾意独怜才。
敏捷诗千首，飘零酒一杯。
匡山读书处，头白好归来。

距当年浪游问道分手后，杜甫与李白没有见面已十七八年了。政治污浊，不容天才，所以"狂"，所以"佯狂"，是李白，也是杜甫自己。何况，李白不久前还经受了牢狱之灾、流放之苦。安史之乱爆发后，避世的李白重新出山，投入出镇江淮的永王幕府，意图是报效朝廷，重新一统江山。但李白哪里知道永王有割据东南之心？天道弄人，结果，永王被高适等领兵击败，李白被关入牢中，后又被判流放夜郎。当年，他的好友王昌龄贬放夜郎时，李白就写过唐诗绝句中最美的篇章之一："我寄愁心与明月，随风直到夜郎西。"不想，更严酷的惩罚却落到了李白头上。王昌龄是贬谪，李白却是流放。当时的世人议论起来，皆曰李白其罪当诛——"世人皆欲杀"，众口铄金，这些议论传到杜甫耳朵里，却令他生出惜才之情——"吾意独怜才"。李白你久经世患，不如在白头时回到老家，回到你少年时代读书学剑的匡山上来。

好在有这样情感的不止杜甫一人，这些人向皇上请求宽宥，所以李白还在去夜郎的路上，又被赦免。这便有了那首直放轻舟出三峡，"千里江陵一日还"的著名诗篇——《早发白帝城》。

第七章 秋风茅屋

公元760年，杜甫在成都过了一个愉快的春天，还有夏天。但秋天到来的时候，日子一天天紧巴起来。

裴冕回朝已经几个月了。新节度使李国贞来了，屁股没坐热又走了。再一任节度使崔光远一上任就遇到了东川战乱。任刺史的故人高适又若即若离，眼看着就要断了接济，写一首诗当信捎去催问，也没有消息。战乱中的北方也没有什么鼓舞人心的好消息传来。

"秋风秋雨愁煞人"，杜甫替自己画了一幅流离无依、彷徨无计，却心心念念记挂着国事安危的自画像。

《野老》：

> 野老篱前江岸回，柴门不正逐江开。
> 渔人网集澄潭下，贾客船随返照来。
> 长路关心悲剑阁，片云何意傍琴台。
> 王师未报收东郡，城阙秋生画角哀。

"野老",在野之老。南朝梁代的诗人丘迟《旦发渔浦潭》诗曰:"村童忽相聚,野老时一望。"被朝廷疏远的人,年纪渐长,即自称野老。杜甫在安史之乱初起时,在长安写《哀江头》,就称自己为野老了。"少陵野老吞声哭,春日潜行曲江曲。"

诗还是从草堂的眼前景写起。

真是好风景啊!杜野老草堂的篱笆前,江流回旋。院门开得不正,是为了要对着江景。江上,渔夫们把网撒向水中,商人运货的船从斜阳的余晖中驶来。今天的川西平原上,依然是渠河如织,但集网而渔、船运而货的情景却是不可复见了。

这样的美景天天见到,刚来时新鲜,足可安慰身心,但久而久之,情形就有些不同了。诗人的悲情,由个人生活的拮据而起,但由此诗更可看出,最根本的还是出于对国家命运的忧患。真是"万里悲秋常作客,百年多病独登台"。环顾天下,却是"满目悲生事"。走长路到了蜀地,牵挂的还是剑阁以北的可悲局面。在这乱世之中,"我"像一朵云,飘荡到成都,但依然心系北方的故乡与朝廷,哪里会想永远傍着司马相如的琴台就真的安居在此。可是,这么多年了,唐朝的官军还未收复东部失地,所以,成都墙楼上传来的警戒角号声,在"我"听来都充满了悲哀。

偏偏此时,坏天气也来添乱。

这个秋天,气候温和的成都竟然连起大风雨。

第一场大风雨来,把紧傍草堂的一株老楠树刮倒了。

杜甫托物寄意,长舒愁闷,作《楠树为风雨所拔叹》:

倚江楠树草堂前,故老相传二百年。
诛茅卜居总为此,五月仿佛闻寒蝉。

草堂前有一棵老楠树,浣花溪边的老人们说,这棵树长在这里至少有两百年了。"我"之所以在江边芟除那么多茅草,在这里盖了草堂,很大的原因就是爱这株楠树。爱它在盛夏的五月还带来清凉的寒意,仿佛听闻到秋蝉的鸣叫。

东南飘风动地至,江翻石走流云气。
干排雷雨犹力争,根断泉源岂天意。

忽一天，秋风起兮，自东南方动地而来，裹挟着滚滚乌云，吹得江面上波涛翻滚，江岸边沙石乱走。这时，楠树还挺着高大的躯干与风雨雷电抗争，无奈最终在大风雨中从根断裂，脱离了滋养它的地下泉源，轰然倒下了。老楠树在这世上二百多年不是没有经过风雨，但最终在今天倒下，岂非天意？

杜甫是真爱这棵楠树的，此前就已经为它写过一首诗，名曰《高楠》：

楠树色冥冥，江边一盖青。
近根开药圃，接叶制茅亭。
落景阴犹合，微风韵可听。
寻常绝醉困，卧此片时醒。

他说，这棵树蓊蓊郁郁，冠如青盖，撑开在江边，护佑着树下的草堂。草堂也因这树而布局，在靠近它根部的地方种了药材，水亭也尽量置于它的枝叶荫庇之下。太阳西下的时候，草堂斜晖不透。如起小风，树叶舞动的声音如演奏的乐音一般。有时，喝得有点小醉犯困，倚于树下，也在清凉气息中很快就清醒过来了。

但就是这么一株可爱的老树,却在瞬间为大风雨连根拔起,让人不得不悲从中来,长吁短叹:

> 沧波老树性所爱,浦上童童一青盖。
> 野客频留惧雪霜,行人不过听竽籁。
> 虎倒龙颠委榛棘,泪痕血点垂胸臆。
> 我有新诗何处吟,草堂自此无颜色。

这样历经岁月沧桑的老树,一定是历经沧桑的人所能共情的啊!

它亭亭的青盖可供行路人躲避霜雪,远行人都会停下脚步听它迎风歌唱。

但现在,在大风雨中,虽经竭力抗争,它还是如"虎倒龙颠"一样悲壮地倒下了,委身杂树荆棘丛中,让"我"怎么不在垂泪的时候都带出血来!

大树倒矣!以前有新诗都是在此树前吟诵,以后又去哪里吟"我"的新诗?

大树倒矣!从此"我"的草堂和草堂岁月,不知要减了多少颜色!

老杜这是说树吗,还是预见了自己在时代飘风乱雨中的悲凉结局?

清代学者浦起龙著有《读杜心解》,他在此书中评此诗说:"'虎倒龙颠',英雄末路;'泪痕血点',人树兼悲。"评得好!浦先生还说:"叹楠耶,自叹耶!殷仲文有言:'树犹如此,情何以堪!'"

一场风雨不够,又一场大风雨接踵而至。这一回,失了老楠树的遮蔽,草堂就直接暴露在狂风暴雨之中了。

老杜再发悲声,作《茅屋为秋风所破歌》,这也是老杜成都诗中最著名的篇章之一:

八月秋高风怒号,卷我屋上三重茅。
茅飞渡江洒江郊,高者挂罥长林梢,
下者飘转沉塘坳。
南村群童欺我老无力,忍能对面为盗贼。
公然抱茅入竹去,唇焦口燥呼不得,
归来倚杖自叹息。

这首诗直截了当,一来就写怒号秋风席卷了草堂顶上的"重茅"。

茅草盖房,层层叠压,自然是"重茅"。春天,老杜还在歌唱"背郭堂成荫白茅",现在这些白茅草却被狂风卷起,直吹到江对岸去了。过江的茅草有些挂在高树上,有些飘飘转转落到水中去了。我们因老杜的《南邻》诗而记得,南邻是在江水对面,草堂是在浣花溪北岸。吹过江的一些茅草又被南村的顽童——调皮的娃娃们捡拾起来,抱到竹林里去了。面对这些顽童的恶作剧,手足无措的老杜有些气急败坏,反应过度,以至于把顽劣村童的无心之过看成是盗贼行为。但要知道,诗写的是当时的情,而不是说永在的理。他情至激烈处,也不过倚杖叹息,自叹时运不济,雪上加霜而已。特殊时期,郭沫若先生评此诗,说过些过头的话,后来好多评诗的人又借机拿郭老说风凉话,其实也大可不必。我也并不因此认为谁更高明,谁就更有人文情怀。我们应该看到的是,时代飘风中人的身不由己,而一掬同情之泪。也许让杜甫自己来讲,他也会体谅地说"王杨卢骆当时体",他也会纵观郭沫若先生的文化贡献说"不废江河万古流"。

杜甫当时也没有在此点上纠缠不休,而是继续往下写:

俄顷风定云墨色,秋天漠漠向昏黑。
布衾多年冷似铁,娇儿恶卧踏里裂。

床头屋漏无干处，雨脚如麻未断绝。
　　自经丧乱少睡眠，长夜沾湿何由彻！

　　接下来写风定而黑云压顶，大雨倾盆，屋漏无避。偏偏流离之中，床上的被子用了多年，破旧冷硬，小儿子睡觉不安稳，被盖的里子早被他蹬破了。今天我们床上的被子里面絮的是棉花，宋代以前，被子里面絮的多半是动物毛。用了多年的被子，这些絮毛怕是早就粘结成块，失去保暖作用了。本来，自从安史之乱以来，老杜一直颠沛流离，国破家危，没睡过好觉，这一夜，漏雨的屋子又冷又湿，更是让他通宵不能合眼了。

　　安得广厦千万间，大庇天下寒士俱欢颜！
　　风雨不动安如山。呜呼！
　　何时眼前突兀见此屋，吾庐独破受冻死亦足！

　　光是写自己的悲苦无告，也足以动人，但只是诉苦，只是顾影自怜，就不是杜甫了。
　　杜甫的境界，是能由己及人，由个人遭际联想到更多人的普遍命运。所以，在这夜的凄风苦雨中，他固然想到自己何时能得有一间广厦,更想到这个世界应该有"大庇天下寒士"的千万间广厦,使众生不受风雨侵袭,有安身之处而尽展欢颜!如此祈望不够,再进一步,如果天下寒士俱得庇护,哪怕自己一个人、一家人茅庐独破,冻死了也不遗憾!

后人评价此诗的末段说:"末数句则因己之不得其所而忧天下寒士不得其所,思有以骈幪之。此其忧以天下,非独一己之忧也。禹稷思天下有溺者、饥者,若己溺而饥之,公之心即禹稷之心也。其自比稷契,岂虚语哉?"

禹,导江导河治理水患,救民于溺。

稷,本是一种粮食,指高粱。农神也称稷。《礼记》说:"是故厉山氏之有天下也,其子曰农,能殖百谷。夏之衰也,周弃继之,故祀以为稷。"周代把主管农事的官员也称为稷。《左传》曰:"稷,田正也。"

杜甫此前作于公元755年的长诗《自京赴奉先县咏怀五百字》中,确实明确提到自己年轻时的政治抱负——"窃比稷与契"。所以,那时就常常"穷年忧黎元,叹息肠内热"。

清代学者邵长蘅说得好:"此老襟抱自阔,与蝼蚁辈迥异。"

一个半生飘零的诗人,于身后千秋万世被尊为"诗圣",盖由此也!

理想归理想,现实问题就是杜甫一家人还得生活下去。秋风秋雨过后,包括修理茅屋的费用和一家人的衣食,还得放下身段四处求人。为此,杜甫这一段时间留下的辛酸诗篇也多。我想多写,心痛不忍,就选一首吧,以见其当时困窘屈抑的状况。

《重简王明府》,"重简",就是此前已经"简"过一回了,似乎没得到响应,再"简":

> 甲子西南异,冬来只薄寒。
> 江云何夜尽,蜀雨几时干?
> 行李须相问,穷愁岂有宽。
> 君听鸿雁响,恐致稻粱难。

上来先自我宽解,说成都所在的西南地方,气候和北方不一样,冬天没有那么寒冷。但和春天的明媚也不一样,冬天江上冻云不散,细雨连绵,这日子着实也不好过呀。"行李",这里不是指出门带的东西,是支使人的意思。老杜说，王县令是不是派手下人来看看"我"，帮助"我"宽愁解难？你听到鸿雁哀哀的叫声了吗？恐怕是因为它们于饥寒之中难以得到果腹的粮食吧。

前人评此诗说："鸿雁哀鸣，各求稻粱，君听其音，得无怜谋食之艰难耶？"

有"大庇天下寒士"之情怀的人，近忧却是无米下锅，故有古人评道："读之酸鼻。"又或者该骂："什么世道！"

这一年，李白死了。

只是关山阻隔，杜甫还不知道。

第八章 杜甫与严武

好在，这一年，上元二年（761）的十二月，另一个厚禄故人来到了成都。

他是武夫严武。

严武之所以来成都，与崔光远听任花惊定大掠东川、滥杀无辜有关。这事被人上告到朝廷，被肃宗皇帝严厉指责。崔光远因此忧惧成疾，死在成都。花惊定戴罪追剿叛军余部，在今丹棱县（隶属于四川眉山）山中死于叛军的伏击。《丹棱县志》记载，县中有花惊定墓，我去寻过，没有找见。

总之，严武在崔光远死后，来到成都任成都尹。他也是杜甫的故人。杜甫在肃宗朝中任左拾遗时，严武是朝中要员。严武的父亲严挺之和杜甫的祖父杜审言也曾同朝为官，且关系不错。这在古代，就称为世交。

严武这个人，果毅决断，豪迈任气，作为一个武将，对安定边疆有大功劳。史籍也说他聚敛财物，赏赐手下一次便有百万之金。这样性格多面的人，只要愿意，帮助杜甫一家衣食，便不在话下。《旧唐书》还说他"读书不究精义，涉猎而已"。作为一个武将，能这样已经很不容易。不太读书，要喜欢杜甫估计也不容易。但偏偏是这个人，对杜甫非常尊重，生活中给了他很多切实的帮助。

严武到任不久，整顿好衙门事务，便想起杜甫。在杜甫去找他之前，就写了一首诗邀请杜甫去城里相见——《寄题杜二锦江野亭》：

漫向江头把钓竿，懒眠沙草爱风湍。
莫倚善题鹦鹉赋，何须不著鵔鸃冠。
腹中书籍幽时晒，肘后医方静处看。
兴发会能驰骏马，终当直到使君滩。

听说你经常在江边钓鱼，还喜欢懒洋洋地躺在沙滩上瞭望江上风烟。

颔联用典。

先说一个人，东汉的祢衡。其人才高，性格疏傲，《后汉书》说其"矫时慢物"。但当时他在章陵，当地太守待他很好，常邀请他参加府中宴会。一次宴集时，有人献鹦鹉给太守。太守希望祢衡作一篇赋,祢衡"揽笔而作,文无加点,辞采甚丽"。

"鵔鸃",一种羽毛华丽的鸟。《汉书》说"郎侍中皆冠鵔鸃",就是说,郎和侍中这一级的官员都戴装饰了这种鸟羽毛的帽子,这是代指做官。

严武的意思是劝他不要仗着自己有祢衡作《鹦鹉赋》那样的文才,就不接受朝廷的差遣做官。前人说,这是严武"虑其恃才傲物,爱而规劝之也"。

幽闲时是在晒你满腹的诗书吗?

这里也暗用了一个典故。

《世说新语》记载一个叫郝隆的人,"七月七日出",大中午仰卧在大太阳下,别人问他这是干什么,他的回答是,晒肚子里的书。

还是在僻静处为自我疗愈而研究医方?

也是用典。

"肘后医方",是指晋朝葛洪所抄录的《肘后要急方》。葛洪,自号抱朴子,史籍记载他"好神仙导养之术",抄"《金匮药方》一百卷,《肘后要急方》四卷"。

最后说,也许"我"什么时候得闲了,一时兴起,骑上快马就跑到江边滩前去看望你了。

严武比杜甫小十四岁,但两人此时地位悬殊,他如此直言不讳,也可见出其率真的性格。

我想,随此诗应该还送去了度日的禄米吧。

杜甫当即回了一首诗,《奉酬严公寄题野亭之作》:

拾遗曾奏数行书,懒性从来水竹居。
奉引滥骑沙苑马,幽栖真钓锦江鱼。
谢安不倦登临费,阮籍焉知礼法疏。
枉沐旌麾出城府,草茅无径欲教锄。

你知道,"我"落到今天的地步,就是因为当左拾遗时上书皇帝营救房琯嘛,当然,"我"可能真的天性疏懒,确实喜欢这浣花溪前的水竹之居。

"奉引",《汉官仪》说"大驾则公卿奉引",意思是皇帝车驾出行,朝中官员就在前面骑着马开道引路。而根据唐代的礼仪制度,有两种官职,一个叫左补阙,一个就是杜甫当的左拾遗,其职责就是"掌供奉讽谏,扈从乘舆"。

所以,杜甫说当年在朝中,"我"也曾骑着沙苑产的宫中御马侍从皇帝出行,今天却只好住在幽静的江边,闲钓锦江之鱼了。

接下来也是用典。

将严武比作通达的谢安,将自己比作偃蹇途穷的阮籍。

最后说,既如此,就劳你打着节度使旌旗,带着仪仗和警卫出城来吧;"草茅无径欲教锄","我"这里久没人来,荒草已经掩没了路径,但"我"也会让人把这些草锄掉,为你开道。

仇兆鳌评这两首诗说:"在严诗固款曲而殷勤,在公诗亦和平而委婉。"

清代人陈訏也评过这两首诗:"严诗'鹦鹉赋''骏骥冠',公诗'沙苑马''锦江鱼',两两相对。严诗郝隆晒书、葛洪肘后,公诗谢安登临、阮籍礼法,又两两相对。虽非有意奉酬,而自然辐辏,人巧天工,亦不知其然而然也。"这是夸杜甫这首诗不仅自己在诗中对仗,还同时与严诗对仗,诗艺确实超群。

没过多久,严武真的出城来草堂看望他了。

杜甫当然写了诗,《严中丞枉驾见过》:

元戎小队出郊坰,问柳寻花到野亭。
川合东西瞻使节,地分南北任流萍。
扁舟不独如张翰,皂帽还应似管宁。

寂寞江天云雾里，何人道有少微星。

严武带着一队随从，一路"问柳寻花"，赏着春景，真的寻到草堂来了。

题目就需要做些解释。

为什么称严武为中丞？《旧唐书·严武传》说："既收长安，以武为京兆少尹，兼御史中丞，时年三十二。"京兆，是首都。少尹，是尹的副手。御史中丞，在唐代是御史台总负责人御史大夫的助手。这两个职务都是四品。而当时杜甫任的左拾遗不过是八品。严武出任成都尹和剑南节度使，仍在朝中保持着御史中丞的名号与官阶，所以杜甫尊称严武为中丞。

第二句也需解释。"川合东西"，这说的是安史之乱前后四川一地行政辖制的变化。唐初，剑南之地并未分成东西两川。玄宗避乱入蜀，返回长安后，才把剑南之地划分为东西两川，并分设节度使。严武当时就短暂任过东川节度使，再还朝到中央任职。这一回，他是再次入蜀，不但任西川节度使，同时也兼摄东川节度使。

所以杜甫在诗中说，严武一出动，把沿途的百姓都惊动了，拥挤到道旁围观——"瞻"这个年轻孔武的兼摄东西两川的严节度使。反观自己,却是从北方到南方,如漂泊无依的"流萍"一样。

节度使率队出行,自是十分威风张扬。对门前冷落的杜甫来说,被节度使如此高调探望,未尝不是一份难得的荣耀。至少,周围上下对他应该会更热情了。

张翰、管宁的典故不解释了,都是杜甫拿历史上散淡江湖、不愿仕进的人自比。"少微星",是天上的处士之星。处士,有才学却隐而不仕的人。杜甫就这样的脾气,有人看顾时就又骄傲起来了。但严武不嫌他烦,对他依然关照有加。

从此,两个人来往越发频繁。

不久,杜甫去严武衙中做客了,不是讨些馈赠,喝完茶就走人。

老杜诗《奉和严中丞西城晚眺十韵》,写两个人还登上西城楼,于黄昏时分眺望西山:

> 汲黯匡君切,廉颇出将频。
> 直词才不世,雄略动如神。
> 政简移风速,诗清立意新。
> 层城临暇景,绝域望余春。

旗尾蛟龙会，楼头燕雀驯。
地平江动蜀，天阔树浮秦。
帝念深分闸，军须远算缗。
花罗封蛱蝶，瑞锦送麒麟。
辞第输高义，观图忆古人。
征南多兴绪，事业暗相亲。

汲黯是汉武帝时期敢于直言的名臣。廉颇是战国时期赵国能决定国家安危的大将。杜甫上来就用这两个人来比喻严武，说他刚直如汲黯，用兵驭将如廉颇。

他一来，整顿政务，去除繁文缛节，使官场风气一新，虽是武将，写起诗来却风格清奇，立意颇新。

所以，他对西山前线军需也罢（"算缗"），征战蜀地南部的南诏也罢（"征南"），都思路清晰，精于谋划。

看来，两个人并肩立于城头的时候，眼前的余春暇景之外，纵论的都是军政大事。可见严武知他，并不把他当个外人，当个真正隐于世外的野人。所以，杜甫对严武自然也就生出了亲近之感。

杜甫回到郊外，两个人仍然诗书往还。还是严武先写了一首绝句，杜甫奉答了两首。严诗今已不存，但杜诗还

在——《中丞严公雨中垂寄见忆一绝奉答二绝》:

其一
雨映行宫辱赠诗,元戎肯赴野人期?
江边老病虽无力,强拟晴天理钓丝。

问严武还肯不肯再来锦江野亭赴他这个在野之人的约会。"我"虽然苍老多病,却愿意晴天里准备好钓鱼线和你去江边垂钓。

其二
何日雨晴云出溪,白沙青石洗无泥。
只须伐竹开荒径,倚杖穿花听马嘶。

你最好还是雨后天晴的时候再来,那时雨水把江边的白沙和路上的青石板都洗得一尘不染。"我"要砍了竹子新开一条到江边的路,然后,扶杖听你远来的队伍马匹的嘶鸣穿过花树渐渐走近的声音。

两首绝句写得清新如话,不像律诗,要对仗,要用典故,对今天的读者显得艰深。

又是春天了,心情愉快了,诗风也变得轻快可喜。人肯相亲相近,清词丽句便发自本心。

又过不久,严武得了青城山道士酿的洞天乳酒,也分一瓶给他。杜甫也写诗谢过——《谢严中丞送青城山道士乳酒一瓶》:

山瓶乳酒下青云,气味浓香幸见分。
鸣鞭走送怜渔父,洗盏开尝对马军。

"下青云",从青城山云雾中来。

"幸见分",这么好的东西你也没有忘记"我"。

骑马送酒来的军人还没有走呢,"我"就迫不及待地打开瓶子品尝了。

二十世纪八十年代,我上青城山,喝过一种道家酒也叫洞天乳酒,是一种猕猴桃酿成的果酒,还添加了蜂蜜。不知道是不是就是杜甫和严武喝过的那一种。

严武移风简政,有具体举措。他还大举整顿军队,裁汰老弱,意在建立一支强悍能战的精兵队伍。这可以从杜甫的一首诗得到旁证。

这首诗是杜甫在浣花溪出游时所作,彼时他遇到一位不认识的老农夫,一定邀他去家里喝酒吃肉。杜甫推辞不过,只好从命,大醉而归。

《遭田父泥饮美严中丞》:

> 步屧随春风,村村自花柳。
> 田翁逼社日,邀我尝春酒。
> 酒酣夸新尹,畜眼未见有。
> 回头指大男,渠是弓弩手。
> 名在飞骑籍,长番岁时久。
> 前日放营农,辛苦救衰朽。
> 差科死则已,誓不举家走。
> 今年大作社,拾遗能住否?
> 叫妇开大瓶,盆中为吾取。
> 感此气扬扬,须知风化首。
> 语多虽杂乱,说尹终在口。
> 朝来偶然出,自卯将及酉。
> 久客惜人情,如何拒邻叟。
> 高声索果栗,欲起时被肘。
> 指挥过无礼,未觉村野丑。
> 月出遮我留,仍嗔问升斗。

多么生动的一首诗!

先解释一下那时的风俗,即什么是社日。古代,春秋两季都要祭祀土地神,这个举行祭礼的日子就叫社日。此时,乡里的人们要聚集起来,用"牲醪",也就是肉和酒祭神。"然后享其胙",神不会真吃真喝,祭礼过后,老百姓会将祭品分食。

春天,杜甫在江村间闲游,遇到了一个老农。老农说今年春社搞得比以往喜庆热闹,硬要拉他去家中喝酒打牙祭。

老头喝高兴了,可能也听说杜甫和严武的关系亲近,就夸新来的严中丞是个从没见过的好官。为什么如此说呢?他的大儿子本是飞骑军中的弓弩手,一直在边地军中服役,想不到严中丞一来,就被放归回家务农了。儿子一回来,他这么大把年纪,就不用再辛苦耕作了。正所谓"解民倒悬"。所以,这老农对杜甫说,以后国家再有赋税徭役下来,他都愿意承担,决不会带着家口逃走。

中国古代,有许多离开土地的流民,产生的根源,往往与逃避沉重的赋税徭役有关。

严中丞悯农裁兵,日子好过了,我们大办今年春社,杜拾遗也请来和我们一起享受安乐吧!

就这样，从上午喝到下午，老头还不肯放客人走。老杜几次告辞，都被老头按着胳膊肘不让起身。喝到晚上，直到月亮出来了，还在强行挽留。最后，老杜问：今天喝了多少，几升几斗？老头还嗔怪：您问这个干什么？招待严中丞的朋友，酒有的是！

这首诗写给严武，把当时的情景转述给他听，叙事生动明快，刻画人物情态活灵活现。

宋代人刘会孟评此诗说："'欲起时被肘''仍嗔问升斗'，此等语，并声音笑貌，仿佛尽之。"明代人郝敬对这首诗一样赞赏有加，他说："此诗情景意象，妙解入神。口所不能传者，宛转笔端，如虚谷答响，字字停匀。野老留客，与田家朴直之致，无不生活。昔人称其为诗史，正使班马记事，未必如此亲切。千百世下，读者无不绝倒。"

杜甫写这首诗，背后还有更深的因由。

严武刚到成都时，正遇到这年冬旱。杜甫自己困于生计，同时也为百姓生计深深焦虑。严武上任伊始，就锐意军政劳民之事的改革："自中丞下车之初，军郡之政，罢弊之俗，已下手开济矣。百事冗长者，又已革削矣。"他见严武确实有革新举措，便写了《说旱》一文，向严武提出施政建议。建议一共三点。首先就请他疏决冤狱。其次，减少苛捐杂税，因为以前的官吏极尽搜刮，老百姓负担沉重。再次，东西两川，特别是西川，南对邛州、嶲州（今四川西昌）方向防御南诏，西对茂州（今四川茂县）、维州（今四川理县）和松州（今四川松潘）方向防御吐蕃，军队众多，百姓兵役沉重。杜甫提出："凡今征求无名数，又耆老合侍者、两川侍丁，得异常丁乎？不殊常丁赋敛，是老男及老女死日短促也。国有养老，公遽遣吏存问其疾苦……"意思是说，东西川军中服役的兵丁，家有老父老母需要奉养的，其家庭应该比平常人家减少赋税，不然，老无所养，只会加快他们的死亡。同时，还希望严武派人慰问这些老人。严武治军有方，知道兵不在多而在精，一方面加紧训练，一方面就裁撤了一些兵丁，令他们回家养老务农。看老杜此诗，严武听从了建议，这些措施确实也起到了休养生息的作用。这些细节，和新旧唐书说严武一味严酷并不相同。

对此，古人也说："蜀民长番不已，差科不息，安得营农而作社乎。严武镇蜀，两川兼摄，蜀民始稍苏息。……合之此诗，严吏治精能，蜀民休息，大略可见。"

正因于此，杜甫在春社之日，才偶遇一个男丁回乡侍亲的家庭，见其欣然之状，赶紧转告给严武。诗里没有说的是，杜甫一定会想到此情此景的出现，说不定与自己上书严武也有些关联，也是非常高兴的吧。很多人不解严武一介武夫，还负刚愎之名，为何要对杜甫如此关怀，这就是答案——政见相合。而不仅仅因为两家有世交，相互是故人。杜甫之上书严武，为民请命，也可见《茅屋为秋风所破歌》中"大庇天下寒士"的理想，不是空话。

从"田父"家大醉而归。不久，在乡下路上，杜甫又遇到一个不认识的老百姓，赠他新熟的樱桃，也令他感慨万千，作诗记之——《野人送朱樱》：

> 西蜀樱桃也自红，野人相赠满筠笼。
> 数回细写愁仍破，万颗匀圆讶许同。
> 忆昨赐沾门下省，退朝擎出大明宫。
> 金盘玉箸无消息，此日尝新任转蓬。

这已经是公元762年春天，旧历四月，现今公历的五月，将要入夏的时节，西蜀的樱桃熟了。路上遇到一个"野人"——农夫或小贩，竟然送了他满满一竹笼。

"写"，不是书写，是细心地把吹弹可破的樱桃从笼中移置到另外的容器中。但杜甫此诗重点不在赠樱桃的野人,也不是要写如何享用这些樱桃,而是写几年前短暂在宫廷任职的回忆。那时,他在门下省侍从唐肃宗,就得到过皇帝赏赐的樱桃。

唐代古籍《岁时记》说:"四月一日,内园荐樱桃寝庙。荐讫,班赐各有差。"这是说,每年四月一日,宫中内园的樱桃成熟了,首先献祭到先皇的陵墓,然后,再分别赏赐给宫中的各级官员。杜甫在朝中任左拾遗时,经常在皇帝近旁,也得到过唐肃宗的这份赏赐。所以,退朝走出大明宫时,就把樱桃高擎在手中,作为一份荣耀。宝应元年(762)四月,唐肃宗在五十二岁上死了。杜甫当年有过的那份得到赏赐的荣耀就更显虚无了。

夏天到来,严武再次出城来看望他。

《严公仲夏枉驾草堂兼携酒馔得寒字》:

> 竹里行厨洗玉盘,花边立马簇金鞍。
> 非关使者征求急,自识将军礼数宽。
> 百年地僻柴门迥,五月江深草阁寒。
> 看弄渔舟移白日,老农何有罄交欢。

这一回，严武还带来了自己的厨师，史料说严武生活奢华，这个我信。那么，这一回，严武肯定还带来了上等食材与上等好酒。

厨房也不用杜甫家的，就在竹林掩映中"行厨"，另起炉灶。花树边的马背上驮着金鞍。

大将军一再来草堂访问，是他讲究礼数，而不是急于征召"我"这老朽出去做官。"我"是想一辈子就终老此地了，"我"爱这里江流深静，五月的草阁还很清凉。你来草堂，也只能看渔舟横江消磨时间，除了风景，老夫再没有什么东西使你展露欢颜。

再解释一下题目中的"得寒字"。唐时聚会写诗有一种规矩，也是一种风雅的文字游戏，叫分韵。就是每一个人拈一个字，比如"寒"字，接下来作的诗，就要用这个字作韵脚。杜甫这回就拈得了一个"寒"字。严武应也是拈韵作了诗的，应该是写得一般，未得流传。

这样拈韵赋诗的游戏，玩了不止一回，又如《严公厅宴同咏蜀道画图得空字》。

这回是去了城里，参加严武的宴会，大家一起写诗咏蜀道图，杜甫分韵得了一个"空"字。

> 日临公馆静，画满地图雄。
> 剑阁星桥北，松州雪岭东。
> 华夷山不断，吴蜀水相通。
> 兴与烟霞会，清樽幸不空。

日照厅堂，壁上张挂的满是东西两川的地图。注意，这里看的是地图，地形图，而不是此前与画家过从时观赏的山水画。

四川盆地，北边是剑阁雄关，西边是松州雪岭，群山绵亘西南，众水向东方而去，是西部通往吴楚之地的交通要道。观图而后饮宴，饮宴之中继续观图，心中所系，是江山稳固。既见主人所关心的是重大事体，也显出客人同样关注天下安危。杜诗也有败笔，这诗的结尾就因拈了韵，需要押上，就显得空了、飘了。

前面说过，冬天天旱，春天了，旱情还一直持续。直到四月，终于，老天爷降雨了。杜甫欣喜不已，又写了一首喜雨诗，不是"小雨"，是《大雨》。只是，千载之后，这首诗被《春夜喜雨》遮蔽，论杜诗的人常常忽略，基本上不再提起。我认为，这首更见杜甫忧民情怀的诗，不该被忘记：

西蜀冬不雪，春农尚嗷嗷。

上天回哀眷，朱夏云郁陶。

执热乃沸鼎，纤绤成缊袍。

风雷飒万里，霡泽施蓬蒿。

敢辞茅苇漏，已喜黍豆高。

三日无行人，二江声怒号。

流恶邑里清，矧兹远江皋。

荒庭步鹳鹤，隐几望波涛。

沉疴聚药饵，顿忘所进劳。

则知润物功，可以贷不毛。

阴色静垄亩，劝耕自官曹。

四邻耒耜出，何必吾家操！

    西川气候湿润，本是多雨雪的地方。偏偏这个冬天没有雨雪，到了春天，依然旱情严重。叫天天不应的农人因此发出哀告。终于，老天开眼，眷顾苍生，夏日的天空渐渐布满了雨云。刚才还热得像靠在沸腾的汤锅旁一样，单薄的麻衣穿在身上，仿佛是有夹层的衣裳。现在却雷声隆隆，雨被风吹，从万里之外飒然而至。不要说庄稼，连野生的蓬蒿都受到了滋润。仿佛听见雨里的庄稼在拔节生长，"我"不抱怨茅屋漏雨，只为庄稼受到霈泽而欣喜不已！

这雨连下了三天，路上行人都断了踪迹，流经成都的两条江水日日见涨，波涛发出了怒号。雨水把四处秽恶的脏污都荡涤干净了，更不要说"我"这偏僻的江边草堂。鹳与鹤都涉水漫步在堂前，"我"靠在几案上就能望见江上的波涛。本来，多病的"我"积存了不少药物，一高兴，都忘记服用了。真是造化润物啊，连不毛之地都充满了生机！雨后的田野静谧而润泽，劝大家努力耕作是官家的事，看到村中四邻都扛着农具走向田野，"我"又何必为自己家没有田地而感到烦恼！

这诗写得好！久旱之后大雨忽至之景如在目前。

这诗境界高！这喜雨之情，喜的是甘霖普降、泽被万民，而不是以己之酸辛得失为意，正如前人所评："知此公襟抱越于流俗。"

好雨来了，庄稼得到滋润，老百姓的日子好过起来。但杜甫在762年从春天到夏天，因为严武的照拂而得来的安定时日就要过去了。

这年四月间，唐肃宗病故，李豫即位，是为唐代宗。是年六月，刚到成都半年的严武被召还朝。杜甫的老友高适接任成都尹、西川节度使。杜甫在成都一年多,高适虽然对他也有关照,但始终不咸不淡,若即若离。

严武的任命一下,杜甫当即写了《奉送严公入朝十韵》送他。

> 鼎湖瞻望远,象阙宪章新。
> 四海犹多难,中原忆旧臣。
> 与时安反侧,自昔有经纶。
> 感激张天步,从容静塞尘。
> 南图回羽翮,北极捧星辰。
> 漏鼓还思昼,宫莺罢啭春。
> 空留玉帐术,愁杀锦城人。
> 阁道通丹地,江潭隐白蘋。
> 此生那老蜀,不死会归秦。
> 公若登台辅,临危莫爱身!

《史记·封禅书》记载,黄帝采铜铸鼎于荆山,鼎既成,天上有龙来迎黄帝。后世即称此地为鼎湖。

"象阙",古代皇宫门外张挂法令之处。

首句说肃宗升天。二句说,宫前象阙前张挂了新的法令,因为代宗即位,法度更新。

此时四海之内仍然多灾多难,所以朝廷想起你这位干练旧臣,召你还朝。

你确实能够安抚君王的忧心,因为你早就具有治国的才能。

"感激",是感国运危艰而生慷慨激越之情;"张",伸张、复兴;"天步",是国运,安史之乱爆发后,叛乱久未平定。你是有能力也是有抱负的,在西川才半年,就使边塞安宁。

如今你要从南边的蜀地返回京都,再归朝廷去辅佐新君。

这一上路,夜闻"漏鼓"就盼望天明早点启程,如此行来,入朝应在宫中春莺罢啭的仲夏时节了。

"玉帐"一空,因为精通用兵之术的将军走了,锦城的官民都因担忧时局变化而愁苦万分。

"丹地",即丹墀。《汉官仪》云:"省中皆胡粉涂壁,其边以丹漆地,故曰丹墀。"你将过剑阁行经栈道进入朝廷,"我"仍在江边隐居有如漂荡的浮萍。

其实,"我"这辈子哪能终老于蜀地,如果不死一定要回到关中故地。

你若能登上台辅之位，危急关头切莫顾惜自身得失。这是知心之人披肝沥胆的真心托付。

杜甫当时也有写诗给身居要职的高适，也是老朋友，但这样恳切的话从未说过。

严武也作诗，《酬别杜二》：

独逢尧典日，再睹汉官仪。
未效风霜劲，空惭雨露私。
夜钟清万户，曙漏拂千旗。
并向殊庭谒，俱承别馆追。
斗城怜旧路，涪水惜归期。
峰树还相伴，江云更对垂。
试回沧海棹，莫妒敬亭诗。
只是书应寄，无忘酒共持。
但令心事在，未肯鬓毛衰。
最怅巴山里，清猿恼梦思。

"尧典"，《尚书》中有《尧典》，是记载上古尧为帝时的政典，诗中指被召入朝的严武希望新皇帝代宗贤明。

"汉官仪"，《光武纪》"不意今日，又睹汉官威仪",说的是东汉光武帝刘秀恢复了汉朝江山。

严武说,再入朝时"我"希望看到东汉光复汉室江山一样的景象。

只是"我"还未为平定天下做出什么贡献,所以为应召还朝而感到惭愧。

接下来,便是想象上路归朝的情景。钟声、旗帜,都是起而早行;"殊庭""别馆",都是经宿之所;"斗城""涪水",都是路上要经过的地方。一路还有青峰相望,白云相随。

前面首说自己被召还朝的心情,亦喜亦惭,再想象北上归朝路上的情形。

最后一段是和杜甫告别了。你要经常有书信来,更不要忘记一起把酒的欢乐时光。知道你老杜也有报国之心,所以不会那么快就身老毛衰。现在最令"我"惆怅的是,一个人独行蜀道,巴山中夜半猿啼,惊"我"从梦中醒来,还会思念留在蜀地的你。

这诗是对杜甫送行诗的认真回答。

对杜诗中论述的他的功绩,严武很谦逊,说:"未效风霜劲,空惭雨露私。"这样的言说,与新旧唐书严武传中说他刚愎强横有些抵牾。严武作为武将镇守一方,报国志切，年轻气盛，运权之时，躁急操切，有时恐怕也是不得已而为之。我还是相信这是严武的肺腑之言。

严武要走了，杜甫没有登新节度使的门去朝贺，而是随同上路离成都去送他。

"行行重行行，与君生离别。"

一行人到达绵州，刺史也姓杜，在涪江边江楼上设宴款待。酒酣之余，免不了要分韵作诗。杜甫的诗留了下来，《送严侍郎到绵州同登杜使君江楼宴得心字》中写："归朝送使节，落景惜登临。稍稍烟集渚，微微风动襟。"

满怀的离情别绪啊！

送到此处还不舍，又送出三十里地去，到了一个叫奉济的驿站。送君千里，终须一别，不再送了，就在此分手吧。

杜甫再作《奉济驿重送严公四韵》：

远送从此别，青山空复情。
几时杯重把，昨夜月同行。
列郡讴歌惜，三朝出入荣。
江村独归处，寂寞养残生。

"列郡"，严武节制过的地方，指东西两川。

严武与四川有缘，此前就已任过巴州（今四川巴中）刺史和东川节度使，然后回朝，再来成都兼摄东西两川。这是说，严武当过地方官的东西川老百姓都舍不得他离开。严武有才干，所以玄宗、肃宗、代宗三朝皇帝都对他委以重任。只是在此送别后，"我"老杜还要掉转头回到浣花溪畔，了此于世无用的寂寞残生。

清初学者黄生讲此诗最好："远送至此，前途再难复进矣，从此遂一别矣。此时离杯在手，'几时'再得'杯重把'？'昨夜'皓月当头，几时再得'月同行'？分袂之后，青山空在，岂能知我此情之郁结耶？在公则思留于列郡，位望冠于三朝，荣亦极矣。特已别公之后，残生寂寞，依藉无人，不堪回想耳。"

杜甫此时的伤感悲情，一来是不舍严武之离去，二来更是忧虑失去他的庇护，接下来的日子该怎么个过法。

他想不到的是，更糟糕的局面相继出现，他连锦江边的草堂都回不去了。

安史之乱之后，各地手握兵权的武将们拥兵自重，割据一方，不听朝命。藩镇割据自立，互相攻伐，越来越成为唐朝后半期的主要社会矛盾。

四川一地，安史之乱中也多有兵乱，只是还没有发展到北方那样严重的局面。严武来镇蜀前,已经有段子璋东川之乱。严武前脚刚离开成都,还未走出四川,与杜甫也多有过从,并接济过他的兵马使徐知道,就在成都发动了兵变,并且派兵断绝了秦岭道中通往长安的路。

兵乱一起,杜甫连成都也回不去了,只好在东川的梓州、绵州和阆州(今四川阆中)一带浪游,并把一家人从兵乱之中的成都接出来,靠新交或故旧混个温饱。

严武也因道路阻绝,困于北上长安的巴山之中。

这兵乱也不是一天两天。七月,杜甫与严武作别,九月九日,重阳节到,严武还困于巴山。有诗为证——《九日奉寄严大夫》:

> 九日应愁思,经时冒险艰。
> 不眠持汉节,何路出巴山?
> 小驿香醪嫩,重岩细菊斑。
> 遥知蔟鞍马,回首白云间。

王嗣奭说:"通篇不说思严大夫,只写大夫客行之景与思我之情。"

严武也写了诗回答杜甫,《巴岭答杜二见忆》:

卧向巴山落月时,两乡千里梦相思。
可但步兵偏爱酒,也知光禄最能诗。
江头赤叶枫愁客,篱外黄花菊对谁?
跛马望君非一度,冷猿秋雁不胜悲。

引此两诗,一证兵变之实,二证杜严两人一文一武,一穷一达,却情谊深厚,也是中国诗史上一段感人至深的佳话。

这个故事并未完结,严武还会再度镇蜀,这个友情故事还将继续。

第九章 杜甫与高适

杜甫与严武，在成都相逢过从，是不期之遇。

当初，杜甫选择从同谷去成都，应该是奔裴冕，更是奔高适这个故人去的。一来，两人都是同时代最优秀的诗人，自然相知相惜；二来，两人年轻未出仕时，曾和李白一起壮游梁宋，结下了深厚情谊。

《新唐书·杜甫传》载："尝从白及高适过汴州，酒酣登吹台，慷慨怀古，人莫测也。"杜甫晚年在《遣怀》诗中也有回忆："忆与高李辈，论交入酒垆。两公壮藻思，得我色敷腴。气酣登吹台，怀古视平芜。"

那是天宝三载，公元744年，距杜甫漂泊西川已经足足二十年了。那时，杜甫三十岁出头，高适与李白比他年纪大些。李白刚从宫中被放还回归江湖，高适还未中进士。三个诗人相遇于梁（今河南开封），四处访古，游梁园，登吹台，怀念汉朝时梁孝王和身边文士枚乘、司马相如等饮酒欢会、援笔为赋的情景。然后再游宋州（今河南商丘），射猎于孟诸野泽。这次漫游，李白也有诗："骏发跨名驹，雕弓控鸣弦。鹰豪鲁草白，狐兔多肥鲜。"又登单父台，纵情诗酒，乐不知返，通宵达旦。杜甫晚年回忆当时情景，还写下："昔者与高李，晚登单父台。寒芜际碣石，万里风云来。"

二十年后，造化弄人。杜甫除在肃宗朝中短暂任过一阵位居八品的左拾遗外，一生蹉跎。李白失意于宫廷，放浪江湖，寻仙访道；安史之乱后，济世之心不死，出而辅佐永王，又跟错了人，报国无望不说，还陷于牢狱。只有高适，天宝八载（749），四十多岁时进士及第，走上仕途，从军河西边塞，特别是出任淮南节度使镇压永王叛乱有功于国。杜甫在成都时，高适先后任彭州和蜀州刺史，然后又继严武出任成都尹、剑南西川节度使。

前面说过，杜甫刚到成都，高适就致诗问候，并馈赠禄米。但对比严武对杜甫的热心帮助，那确实差得就远了。

前面引过杜甫一首诗，说760年秋天，杜家衣食不济，日子难过，杜甫写诗去催问："为问彭州牧，何时救急难？"高适作答没有？接济钱粮没有？诗与史，都无载。有还是没有？不好妄断。

杜甫又以诗代简，写了一首诗去，《奉简高三十五使君》。"使君",是唐代对一州刺史的尊称。

> 当代论才子,如公复几人?
> 骅骝开道路,鹰隼出风尘。
> 行色秋将晚,交情老更亲。
> 天涯喜相见,披豁对吾真。

高适是盛唐诗歌的代表性人物之一,他那些豪迈的边塞诗,如绝句《塞上听吹笛》和歌行《燕歌行》等都是杰作,影响广泛。他在当时的诗名要盖过杜甫。老杜夸他在同代诗人中名列前茅,也是实情。接下来,又在诗中写他作为刺史出行仪仗的威风,出于凡尘的风度。我个人是觉得有些过头了,为杜甫一痛!更何况,这首诗也未见高适的酬答。

高适贵为一州刺史,虽不像老杜有衣食之虞,但也不是没有自己的烦恼。乱世之中,一州之治理,想必也不轻松。再说,他在这任上,心情也不会太好。之前,镇压永王之乱时,他出任的是扬州大都督府长史、淮南节度使;得胜还朝后,却也不改直率敢言的书生本色,得罪了权臣李辅国,被本来信任他的肃宗皇帝疏远,这才贬官来到西川。彭州刺史没当满一任，又转任蜀州。

奈何，杜甫一家要在成都维持生活还得靠他。于是，老杜只好委曲求全，写诗不回，只好动身到蜀州去亲自拜访。时在上元元年，也就是公元760年的深秋或初冬时节。

此一行，杜甫留下好几首诗，清楚地显示出他在蜀州的行踪。

去蜀州要过新津，在这里见到一个在长安时就有过往的故人，裴迪。两人同游，有诗《和裴迪登新津寺寄王侍郎》。

又和裴迪一起去了蜀州，彼此唱和，《和裴迪登蜀州东亭送客逢早梅相忆见寄》。见到高适没有？不知道。高适有什么表示没有？杜甫没有留诗，也不知道。

本来是去蜀州，反倒是在过路的地方——新津的诗多。

如《暮登四安寺钟楼寄裴十》。"裴十"就是前两首诗中的裴迪。那时，诗人王维的弟弟王缙做蜀州刺史，是高适的前任。当时裴迪是王的从事，即州刺史某方面工作的助手。此时王缙卸任回长安，高适接任，裴这个从事，正好闲着。

也是在新津，老杜作《游修觉寺》。

游一次不够，再去，也有诗《后游》。

新的一年来到了，还是要转回草堂去过日子。这是在成都过的第二个春天。风景还是那般美好,江风明月,竹影花树。但远方战乱未平,眼下日子紧巴,心情就变得压抑。苦闷之中,写了一首《百忧集行》,先回忆无忧无虑的少年时代,然后陡然一转:

即今倏忽已五十,坐卧只多少行立。
强将笑语供主人,悲见生涯百忧集。
入门依旧四壁空,老妻睹我颜色同。
痴儿未知父子礼,叫怒索饭啼门东。

这一年,他五十岁了,身体多病,睡下躺倒的时间多于站立行走。

请注意这一句,"强将笑语供主人",主人是谁?无非是那些可以供给他禄米的人,自然包括高适在内。所以,百忧积于内心,而满目悲凉。杜甫身后,激赏他诗歌成就的元稹写过这样的诗句:"诚知此恨人人有,贫贱夫妻百事哀。"这似乎正是对杜甫窘境的精当总结。草堂内空空如也,家徒四壁,他和夫人一样都面带饥色。少不更事的儿子哪知道要尊重父亲,只是哭喊着跟大人索要饭食。

生活困窘如此,不得已,只好拉下一张老脸,到处求人化缘,这就是"强将笑语供主人"。写花惊定家歌吹是"笑语",夸徐知道两小儿是"笑语"。明知道高适有些冷落自己,还要尽量拉近关系,不见回复,还要频频写诗去,也是"强将笑语"。

又作《王十七侍御抡许携酒至草堂,奉寄此诗,便请邀高三十五使君同到》。诗题很长,说了这样一件事:一个叫王抡的人,以前在朝中任监察御史,这时也在成都。他在某个场合见杜甫时说过,要带着酒食去草堂看望——"许携酒至草堂"。也许是随口一说,但杜甫不能放过这个机会,便写诗去催他履行承诺,同时要他把高适也一并请来。后来,王抡于杜甫离开成都那一年,即公元765年,做了彭州刺史,可见其在官场上还是有相当地位的,所以杜甫央他请高适一并前来。

诗中说:

绣衣屡许携家酝,皂盖能忘折野梅?

你这个穿着锦绣官服的人,说了好多次要带着家里酿的好酒来。汉唐时代,官员出行都要打着黑色的伞盖,叫"皂盖"。你这个官人难道没有一点游兴,来江边草堂看看开放的野梅?

高适到底还是文人本色,对落魄老友总是不忍完全弃之不顾,竟然和王抡一起来了。这都有些出乎杜甫的意料,所以写诗记此事时,用了一个竟然的"竟"字——《王竟携酒,高亦同过,共用寒字》。

王抡竟然来了,高适竟然也一起来了,大家喝酒说话,还一起用"寒"字为韵,作了诗篇。杜甫的诗留了下来:

> 卧病荒郊远,通行小径难。
> 故人能领客,携酒重相看。
> 自愧无鲑菜,空烦卸马鞍。
> 移时劝山简,头白恐风寒。

"我"卧病在荒郊之外,来这里的小路也很难走。故人带着酒来看"我",还带着贵客一起来了。"我"很惭愧,弄不出好的下酒菜,都不值得你们在"我"院中卸下马鞍。前人注此诗说,这里的"头白恐风寒",不是杜甫自谓,而是说高适。注诗家推测当时高适端着点架子,喝得不太情愿,杜甫便对他说,你年纪大,头发也白了,这酒正好可抵御风寒。

在盛唐诗人中，杜甫年轻，出道也晚。除岑参比他小，其他诗人都比他大。

顺便替他们序下年齿。盛唐诗人著名者，孟浩然最大，其次王昌龄，其次李白、王维，其次高适，再其次才是杜甫，再其次岑参。高适大杜甫八九岁。

客人来了，肯定不会空着手来，窘困应该暂时缓解。但日子依然维持艰难，还是要与高使君继续往还。

先是高适手下一个司马，姓李，要趁冬季水枯，在今天叫金马河的皂江上造一座竹桥，邀请杜甫前去参观。杜甫去了，写了诗：《陪李七司马皂江上观造竹桥，即日成，往来之人免冬寒入水，聊题短作，简李公二首》。

冬季水枯，不能行船过渡，来往两岸的人只好涉寒水而过，造此桥也是便民的好事。桥一日即成，但还要进一步完善，一共用了三天。杜甫在那里看造桥，还有人管吃管喝。第三天，桥造成，去成都公干的高刺史也回来了，正好试过此桥。杜甫就在这里遇见了高，也写入诗中——《李司马桥了，承高使君自成都回》：

向来江上手纷纷，三日功成事出群。
已传童子骑青竹，总拟桥东待使君。

三日之间,桥就完工了。造桥人众,远远听说高使君要来了,顽童们都跨着竹马拥到了路边,大家都站在桥东头等着高刺史的到来。

高使君来了,问候他没有?没写。还有其他表示没有?也没说。高适该不是连马都没下,点点头就过去了吧?

如若如此,站在桥头众人中的杜甫肯定心中悲凉吧。

但杜甫这个人,心中之悲凉却不只是因为自己的困穷窘迫,更深广的悲凉还是来自家国未安。

杜甫一生,留下诗歌一千四百多首,虽被称为"诗圣",但也不是字字珠玑,也有应景酬酢的泛泛之作。刚引的这一首就是。

但下面这一首,与前面那些应酬之作写于同一时段,却是好诗。

请看《野望》:

西山白雪三奇戍,南浦清江万里桥。
海内风尘诸弟隔,天涯涕泪一身遥。
惟将迟暮供多病,未有涓埃答圣朝。
跨马出郊时极目,不堪人事日萧条。

"西山",这里指的是岷山。"三奇戍",指唐代在山前今都江堰,为防吐蕃,有军队驻扎的营垒,为成都屏障。"万里桥",今成都城南锦江边还存此桥,古代为东行去吴楚的起点。

日本学者津阪孝绰说:"风尘,言兵乱。公有四弟,故曰诸弟。……曰'海内风尘',不止蜀中矣。下句承'万里桥',望乡之情,泣自吊也。"

津阪孝绰说下联也很精当:"前联思家,此则思国,盖此生老衰,夙志蹉跎,男儿七尺之躯,徒供病度日,无复有能为。昔虽通籍朝廷,忝备近侍之官,未尝有尺寸之功报答圣主之恩,不胜遗憾之至,窃惭愧自叹也。"

情势如此,心情如此,本来是跨马出行遣怀,却见故人日疏,百事萧条,更加悲不自胜也。

后世评此诗的人甚多,还是明代学者邵傅评得好:"迹乃出郊时骋望,只见四野萧条,日甚一日,百姓之调发已弊,朝廷之惠政未流,世乱人穷,于吾情何以堪之。噫!天涯涕泪,公岂一身涕泪乎?"

那时,北方平史思明战事不顺,又遇吐蕃入侵,本来平静的四川也经历了东川段子璋之乱,战火连天,生灵涂炭。怎么不叫又穷又病的杜甫心生绝望，悲从中来！

就这样，好不容易熬到冬天，到了深冬的十二月，崔光远死，严武南来镇蜀，这才缓过气来。

很快，春节就到来。

到了人日，也就是大年初七这一天，疏远许久的高适写了一首诗寄到了草堂。我私下揣想，一直对杜甫有所接济但又刻意保持着距离的高适，突然变得主动，怕也是受到严武善待杜甫的影响，也是一种官场习气吧。恐怕不光是一首诗，也有钱米馈赠吧。

这是现存高适在成都写给杜甫的第二首诗，《人日寄杜二拾遗》：

> 人日题诗寄草堂，遥怜故人思故乡。
> 柳条弄色不忍见，梅花满枝堪断肠。
> 身在南蕃无所预，心怀百忧复千虑。
> 今年人日空相忆，明年此日知何处。
> 一卧东山三十春，岂知书剑老风尘。
> 龙钟还忝二千石，愧尔东西南北人。

诗写得很真挚。之所以在年初七人日这一天写诗寄到草堂,是因为同情漂泊中的故人此时一定更加思念故乡。

新春里,柳条绿色初上,梅花开满枝头,人却流落在南方,无论于私人生活还是国家大事都深感无力,只剩百忧在心,徒唤奈何。你本是胸怀济世大志的人,却像晋朝的谢安一样,闲在东山,三十年不得一用,书剑飘零。想到"我"自己这么大把年纪了,却还像汉代食俸二千石的郡守一样当着一州刺史,在流离东西南北的你面前,真是感到惭愧呀!

杜甫刚到成都时,高适写了诗给他,杜甫回了,充满感激之情。后来,杜甫再写诗去,高适似乎都没回,至少史籍无载。这回,高适又写了诗来,杜甫也没回。不是历史无载,是确实没回,至少是没有当即回复。大约十年后,杜甫离开成都,东去云安(今重庆云阳)、夔州(今重庆奉节),大历五年(770)正月,流落湖湘,漂泊无依,翻检旧帙,看到十年前高适这首人日赠诗,想起高适去世已有几个年头,不觉泪堕如雨,这才提笔"追酬"亡人,做了回答——《追酬故高蜀州人日见寄》。诗前还有短序。序记事,诗写情,作为史料,序比诗更有价值:

"开文书帙中,检所遗忘,因得故高常侍适往居在成都时,高任蜀州刺史,人日相忆见寄诗,泪洒行间,读终篇末，自杜诗已十余年，莫记存没，又六七年矣。老病怀旧，生意可知。今海内忘形故人，独汉中王瑀与昭州敬使君超先在。爱而不见，情见乎辞。大历五年正月二十一日，却追酬高公此作，因寄王及敬弟。"

> 自蒙蜀州人日作，不意清诗久零落。
> 今晨散帙眼忽开，迸泪幽吟事如昨。
> 呜呼壮士多慷慨，合沓高名动寥廓。
> 叹我凄凄求友篇，感君郁郁匡时略。
> 锦里春光空烂熳，瑶墀侍臣已冥寞。
> …………

时间和死亡过滤了淡化了当年的恩怨与苟且，回忆中只有曾经的美好浮现。旧友凋夭，盛唐逝去，清诗零落。这一年，也是杜甫生命的最后一年。又经过一个战乱动荡的春天、夏天和秋天，杜甫在不堪的凄凉漂泊中，死于洞庭舟中，时年五十九岁。在此之前，孟浩然、王昌龄、王维、李白、高适、岑参，光耀中国诗史的一代盛唐诗人都先后逝去。到杜甫死于洞庭湖上，盛唐诗歌之幕，在盛唐的开元盛世结束二十余年后也缓缓拉上。

以后,就是另一个时代了,是"巷有千家月,人无万里心"的时代了。

今天温杜诗,写此文章,也只是"昭州词翰与招魂"了。

"呜呼壮士多慷慨,合沓高名动寥廓。"

魂兮归来!

还得说回当年的成都。长安的新皇帝代宗即位,随即换了年号。宝应元年(762),得严武照拂,过了半年安生日子的杜甫送严武北上后,却因徐知道兵变而回不了成都。

高适则再一次被朝廷起用,任成都尹、剑南西川节度使。这期间,杜甫也是依靠故人,比如出身唐朝宗室,当时在梓州的汉中王李瑀等,带着家小在川东北一带四处寄食漂泊。不久后,徐知道被自己的手下部将李忠厚所杀,成都叛乱渐平。之前说过,徐知道对流落成都的杜甫私谊上是不错的。杜甫有三首诗写到与他的交往,前面已经讲到两首,还有一首是记徐知道到草堂看望他。诗叫《徐九少尹见过》,时间正是严武到成都前的日子,那个过得特别凄惶的冬天:

> 晚景孤村僻，行军数骑来。
> 交新徒有喜，礼厚愧无才。
> …………

徐知道带着数骑随从，去草堂看杜甫。"礼厚"，是带着许多礼物来的。看来，徐这个掌握重兵的人，还是有些同情心的。但他发动兵变后，杜甫却并没有回成都依附于他，说明在真正的大是大非面前，杜甫还是非常有原则的。

高适忙于平定兵变之时，杜甫也没有去打扰过。直到忽忽几个月过去，听说兵变已平，杜甫思归草堂，才给已贵为节度使的高适写了一首诗去，婉辞试探他肯不肯接纳。诗就叫《寄高适》：

> 楚隔乾坤远，难招病客魂。
> 诗名惟我共，世事与谁论。
> 北阙更新主，南星落故园。
> 定知相见日，烂漫倒芳樽。

首联用了宋玉赋《招魂》的典故。宋玉是楚人。楚与蜀相距遥远，就是宋玉再世，也难招"我"这个病客的游魂啊!这话的意思是,宋玉不能,但高适你能招"我"回成都草堂否?

后几联说,你与"我"在天下共享诗名,难道不能一起共讨时事吗?如今,北方朝廷已换了新主人,你也给西川重新带来和平。相信我们很快就能相见,一起无拘无束地饮酒欢会。

但这只是杜甫的一厢情愿,高适并没有给予回应。

一来,杜甫这样拖家带口,不独高适,在很多人眼里,未尝不是麻烦和负担。二来,成都的徐知道兵变虽然较快被平定,但高适还有更忧心的事情。那就是吐蕃在西山方向发动了强大攻势。高适麾兵抵御不利,节节败退,连失边州要地,怕也顾不上杜甫这位诗友了。

前面引过一首《野望》,其首句"西山白雪三奇戍",好多版本作"三城戍"。"三城",一般认为是指"西山"(岷山)中的松州、维州和保州(今四川理县新保关),是当时唐与吐蕃对垒的要冲,也是剑南西川节度使最重要的防御方向。

高适没有回复表示欢迎,杜甫也就回不去成都,只好继续在东川漂泊。漂泊之中的杜甫虽然常常衣食难继,却还继续关注着西山三城的战争形势,并写下一首忧虑西山战事的诗——《警急》：

> 才名旧楚将，妙略拥兵机。
> 玉垒虽传檄，松州会解围。
> 和亲知拙计，公主漫无归。
> 青海今谁得，西戎实饱飞。

杜甫在《警急》的诗题后特加了一句注："时高公适领西川节度。"这已经有要高适承担在西山战吐蕃不利的意味在里头了？包含着对高适指挥西山之战的怀疑与不满？

虽然从字面上看，一上来就夸高适曾经在楚地有神机妙算，平定了永王之乱，现在，他又传兵檄，派大军出玉垒关去解松州之围，也相信唐军能解松州之围。相信会解围，其实是说其围未解。这已是在腹诽高适了。连带还怀疑唐朝廷对吐蕃实行的和亲政策，前有文成公主后有金城公主入藏和亲，却未能阻止吐蕃东进。看看当时的青海就知道，黄河九曲之地，吐蕃的铁骑来往如飞。

唐军苦战不利的情况，杜甫也写在诗中。在《西山三首》第二首中，他写道：

辛苦三城戍，长防万里秋。

烟尘侵火井，雨雪闭松州。

风动将军幕，天寒使者裘。

漫山贼营垒，回首得无忧？

高适确实数战不利，不但未能解松州之围，连维州、理州和茂州等唐军据守的城堡也相继都丢掉了。对此局面，身在流离却从来不能忘怀国事的杜甫肯定忧心忡忡。

此时他人在阆州，正好阆州刺史要上书朝廷表达对东西两川形势的看法，请他代笔，杜甫便写了《为阆州王使君进论巴蜀安危表》。相信其中很多就是他个人或他个人非常赞同的观点。

"吐蕃今下松、维等州，成都已不安矣。"此是当时形势，对策呢？"付重臣旧德，智略经久，举事允惬，不陨获于苍黄之际，临危制变之明者，观其树勋庸于当时，扶泥涂于已坠，整顿理体，竭露臣节，必见方面小康也。"

一句话，要改变当前败局，唯有走马换将。

唐中央朝廷要改变这一败涂地的边境战局，应对之策，只有走马换将。广德二年（764），高适奉调回到京城，任刑部侍郎、左散骑常侍。高适离成都前，杜甫寄一首《奉寄高常侍》诗给他：

> 汶上相逢年颇多，飞腾无那故人何。
> 总戎楚蜀应全未，方驾曹刘不啻过。
> …………

从年轻时在汶水上相逢至今，已经过去很多年了。后来你飞黄腾达，"我"流离失所，也不过是命运弄人罢了。你两任节度使，一次在楚，一次在蜀，未尽全才（委婉说他战西山不利），诗才却比历史上的曹植和刘桢更胜一筹。由此可见，杜甫对高适私谊不周之处，并不以为怀，所以要写诗送行；对其诗才高度评价，但为政方面也不讳人过。这就是杜甫。

回到京城的次年，高适病故，终年六十二岁。

此时，杜甫已离开成都，在三峡中的忠州（今重庆忠县），他得到高亡故的消息，又写《闻高常侍亡》：

> 归朝不相见，蜀使忽传亡。
> 虚历金华省，何殊地下郎。
> 致君丹槛折，哭友白云长！

独步诗名在,只令故旧伤。

你归朝时,我们未能相见。今天从蜀地来的人带来了你故去的消息。归朝后的你虽位高权重,但也未尽其才呀!你当谏议官时敢于直言,如今"我"哭你时只有天际白云飘荡。你的诗才独步天下,你的逝去令"我"这老友黯然神伤。

天蓝空深,白云绵长,杜甫与高适,诗才、人情、国事,交织纠缠,千年之后再来重温,真是意味深长。

第十章

杜甫的阶级

2022年下半年,我在阿来书房讲"杜甫成都诗"。虽然有新冠疫情影响,但时断时续,也讲了九讲。

我不是杜诗专家,只是一个杜诗爱好者。所以我讲杜诗不是"为他人说",而是为自己说。一来,为更深入理解杜诗;二来,也是我作为成都市民温习成都的历史文化。但无论如何,只要不是过分的自说自话,还是能成为一种分享。分享过程中,还是会与听众有些交流。其中一些听众就有困惑,常问一个问题:杜甫颠沛流离,寄人篱下,为什么不去劳动,不肯自食其力?

我的答案很简单:杜甫出身地主阶级,是"士",即便战乱流离中成了"寒士",也还是"士"。

二十世纪七十年代,郭沫若前辈写《李白与杜甫》,用当时的阶级划分标准,说杜甫是地主阶级,不是劳动人民,这其实没有错。但他用当时的阶级分析方法,说杜甫诗对"民"的同情显得虚伪,这确实就相当过头了。杜甫身处在他的时代,就像郭沫若写《李白与杜甫》时也处在一个特定时代一样。我们在研究历史、体察人物的具体处境与观念时,需要抱持一种"同情之理解"或"理解之同情"的仁恕态度,才能既不认同郭沫若的这种说法,也不太同意后来者离开当时的政治语境,对郭老一些不得已的做法与说法求全责备,"攻其一点,不及其余"地批评。

在中国古代社会,一直有一个社会的中坚力量,孟子叫"有恒产",也就是占有封建社会最重要的生产资源,即土地的地主阶级。这个阶级或阶层,有一个牢固不破的传统,叫耕读传家。他们在物质上形成社会的坚实基础,价值观方面,以家族传承传习中国文化,其中受到良好儒学教育者就是"士"。他们深研中国文化,特别是儒家经典,门荫以外,隋唐以后,主要通过科举出仕,襄佐帝王,服务社会,"穷则独善其身,达则兼善天下"。

所以,要解释杜甫流离中的行为与心态,还要从杜甫的出身与家世说起。

杜甫自己把杜家的家世上溯至了西晋时代的杜预,称自己是他的第十三代孙。

杜预是京兆杜陵(今陕西西安)人,杜甫也就常称自己是"杜陵野老"或"杜陵布衣"。

杜预是晋朝封了侯的镇南大将军,军事才能杰出,是晋军灭吴的统帅之一。同时,他还是著名的学者,精研《春秋左氏传》,所著《春秋左氏经传集解》是今传《春秋左氏传》的最早注本。其文才武功,让杜甫引以为荣,并以这个祖先为自己的楷模。

南北朝时期,杜甫的十世祖杜逊南迁到襄阳,所以也有史籍说杜甫是襄阳人。

杜甫的曾祖杜依艺,当过河南巩县(今河南巩义)县令,故史志更多说杜甫是河南巩县人。

杜甫的祖父杜审言,唐高宗时中进士,以诗才闻名于武则天朝,官膳部员外郎。在唐诗从初唐向盛唐过渡的转折时期,杜审言对五、七言律诗形式的成熟很有贡献。杜甫作为一个诗人,一向以他为豪,说"吾祖诗冠古",并以此家学渊源而声称"诗是吾家事"。

他的父亲,杜闲,历任武功县尉、奉天令和兖州司马。

对于这个家世,杜甫一向是颇为自豪的。他当年为求仕进,曾上书唐玄宗,说到这个家世的特点:"奉儒守官,未坠素业矣。"这是说作为杜家男儿,学习儒家经典,目的都是出任官职,报效国家。从社会地位上说,是

"位列公侯伯子男";从价值观上讲,是"传之于仁义礼智信"。看他的家世,这也不是什么虚饰之言。

开元天宝,即盛唐最安定繁荣的时期,史书说那时候"道路列肆,具酒食以待行人。店有驿驴,行千里不持尺兵"。

那时的士人,漫游天下蔚成风气。求仙问道者有之,交游干谒,以求扬名仕进者有之。

而像杜甫这样家世不错的年轻人,更是裘马轻狂,其气如虹,壮游天下,观赏名山大川,结交非凡之人,以增阅历、高眼界、阔心胸。

杜甫第一次出游,十九岁,从河南往北去了山西。

第二次出游就远了,目标是吴越之地。那年杜甫二十岁,从洛阳出发,一路南下,到江宁(今江苏南京)、苏州一带,交友访古;又继续前往越中,杭州、绍兴一带的名胜都留下了他的足迹。

从吴越返回中原,已是四年之后。

二十四岁时,到洛阳第一次参加科举,结果考进士不第。那时,人年轻,肯定觉得来日方长,因此并不以为意。

继续壮游,转身就去了齐赵之地,即今天的山东和河北南部一带。杜甫后来在诗中回忆说:"放荡齐赵间,裘马颇清狂。春歌丛台上，冬猎青丘旁。"

在这里，认识了一个好朋友——苏源明，也是在这里初识了高适。

也是在这个时期，杜甫开始有一些诗篇留下来，传世至今。其间最著名的当然是那首《望岳》，借登泰山而抒发一个青年士子要攀登人生高峰的雄心壮志："会当凌绝顶，一览众山小。"

也是在这一时期，认识了对朝政失望，被唐玄宗"赐还"江湖的李白，并与高适结伴，一起游历梁宋。

就这样，在三十岁上下，才回到洛阳东南的首阳山下，筑一座山庄，名叫"陆浑"。所以选址于此，一来，先祖杜预和祖父杜审言的坟墓在此；二来，杜家在此也有些田地。这也很好理解，那时出仕的人，进则为官，退到乡下，总还是有一份祖业，也就是一些田地。他们也就是今天所说的地主阶级。

对此，杜甫还有过更明确的说法："余田园在东京。"长安是唐朝的西京，"东京"就是洛阳。

杜甫这句话见于他的诗《闻官军收河南河北》。他流浪东川的时候，忽然从北方传来好消息，平叛官军收复了被安史叛军占领的河南河北地方。

> 剑外忽传收蓟北,初闻涕泪满衣裳。
> 却看妻子愁何在,漫卷诗书喜欲狂。
> ············

听到这消息,喜极而泣,涕泪奔流。一家人马上就开始收拾东西,准备回故乡去了。然后自己在诗后下了一个注:"余田园在东京。"也就是解释如此狂喜不仅是因为官军大胜,还因为在故乡有田有园,回去收拾打理,就不用再过这靠人接济衣食的困窘生活了。可惜世事变化万端,官军先胜后败,把夺回的地盘又丢了。

杜甫在祖坟附近筑好陆浑山庄后,又修葺先祖杜预和祖父杜审言的坟墓,并作《祭远祖当阳君文》。祭文中说:"小子筑室,首阳之下。不敢忘本,不敢违仁!"封建社会,进而为仕,退而为乡贤的这个阶层自然就构成一个社会的中坚。这个"本"与"仁",就是这个阶层的价值中坚。

盛唐一代诗人,王维一边在朝廷为官,一边就守着终南山中的庄园。孟浩然一生布衣,但也不是面朝黄土背朝天的农夫,仍有一份产业,可以供其优游天下,憩老田园。

人过三十,这期间又结了婚,有了自己的家庭,生计和前途就都变成了紧迫的现实问题。所以,杜甫筑好陆浑山庄后,并没有隐居故园,而是为求仕进,入东都洛阳四处交游。后来,杜甫就在《赠李白》诗中说到这两年:"二年客东都,所历厌机巧。"那时,李白已在唐玄宗宫中待了三年,看厌了朝廷的政治黑暗而退归江湖,而杜甫才不过初尝世事艰难、人情冷暖。

天宝五载(746),已经三十五岁的杜甫入长安,参加皇帝下诏特别举办的一次考试:"诏征天下士有一艺者,皆得诣京师就选。"这不是例行的科举,而是为征举特殊人才特别举办的,叫"制举"。

这次制举的结果是,一个人都没有被录取。擅权的奸相李林甫还上表向唐玄宗道贺,说这是因为皇帝治理天下有方,人才尽用,"野无遗贤"。

从这一年起,十年时间,杜甫在高门贵第间四处投谒奔走,但屡遭失败。

天宝十载(751),唐玄宗举行祀太清宫、祀太庙和祀南郊三大典礼。杜甫看到机会,献《三大礼赋》。果然引得皇帝注目,史籍说:"帝奇之,使待制集贤院,命宰相试文章。"就是说,让他先去收藏编撰图书典籍的机构集贤院待着，让宰相组织人试他的文章，再看如何任用。试文章的人，对他评价也很高，但主持此事的还是奸相李林甫。当年皇帝担心遗漏人才而举办"制举"，李林甫就一个都不录取。这回，杜甫又遇到这个人了。结果当然好不到哪里去——"送隶有司，参列选序"。什么意思？简历档案转到人事部门放着，作为候选官，等什么地方编制有空额了再正式录用。

候补好久，没有消息。

但他不死心，还回洛阳把家人接到了长安城来。可见自立门户的他还一事无成。

闻一多先生《少陵先生年谱会笺》考证说他是754年"自东都迁家于长安，居南城之下杜"。"下杜"是什么地方？是杜氏家族在长安城中聚居之处。

这时，他已经不是十多年前那个浪游天下的年轻人了。对朝政，对前途，希望又失望，失望中还不敢放弃希望。经济上的负担，也因为自立了门户，因为娶妻生子而日益沉重起来。所以，他曾在诗中悲叹"堂上书生空白头"。那个意气风发，浪游吴越齐赵梁宋的人呢？"临风三嗅馨香泣"，秋天闻到决明的花香，都像是某种悲泣。

终于到公元755年，他进长安求仕十年以后，才"参列选序",得封一个小小的官职,右卫率府兵曹参军——其实就是兵甲仓库的看管人。心灰意冷之际,对社会人生、朝廷政治残酷的一面,渐多感悟。《兵车行》等部分诗作,直面社会现实,同情人民苦难,抒发个人治世理想,闪耀出现实主义的光芒。

当上这个小官时,他已经有儿有女,俸禄微薄,在长安城中养一家人很难,下杜里的杜姓族人也靠不住,只好将妻子儿女移往生活成本低一点的地方——离长安两百多里的奉先县。当上这个小官也就一两个月,因挂念一家人,便在冬天里告了假往北方去探望家小。作《自京赴奉先县咏怀五百字》。其中写出了一家人贫困交加的悲惨局面:

....

老妻寄异县,十口隔风雪。
谁能久不顾,庶往共饥渴。
入门闻号咷,幼子饥已卒。

....

再加上看到唐朝宫廷和高门贵族醉生梦死的奢靡生

活,于是在诗中发出了"朱门酒肉臭,路有冻死骨"的泣血控诉。

其实,在杜甫前往奉先县的路上,安禄山已经从河北起兵反唐,安史之乱爆发。只是那时信息传递依靠邮驿,消息还未传到长安。

叛乱消息传来后,杜甫回到长安继续充任职守。很快,东都洛阳失陷,洛阳的故居田园都沦于安史叛军,一点地租也收不到了。一家人的生计更加艰难。756年,长安沦陷,唐玄宗逃往四川,杜甫这个芝麻小官也当不成了,衣食来源完全断绝。如果他学王维辈,委曲投靠叛军,也能谋个一官半职,至少生活上不会如此困窘不堪。但他没有,而是北上和一家人一起逃难,历经艰险,又在鄜州(今陕西富县)暂时安顿下来。

听说太子李亨在灵武招集兵马,图谋反攻,便立即北上前去投奔,要为国效命。

但这个时代似乎就是要让杜甫历经苦难。北去的路上,他被叛军俘获,被押往长安。还好,他官职低微,没有引起叛军注意。在长安城中看尽宫廷毁败,不但人民流离,连皇族宗室也朝不保夕。

这样又过了差不多一年,才从叛军占领的长安逃脱,北上灵武，去拥立刚刚即位的唐肃宗。经人举荐，加上新即位的唐肃宗李亨也正在用人之际，杜甫才得了左拾遗这个官职。时间是在这年六月。可当上这个官没多久，杜甫又因上疏救房琯而获罪，若不是因为朝中别的官员替他在皇帝面前求情，被下狱都有可能。房琯志大才疏，并不值得他舍身相救。皇帝可能也是看他不懂官场政治，上疏恐怕也是急于显示存在，就没有治他的罪，降为华州司功参军。

但一家人在战乱中漂泊不定，他这个官也做不稳，只好弃了官和一家人四处漂泊流离了。

又一年不到，就已经带着一家人来到四川成都了。

杜甫这一家子，确实也出奇伟之人。

杜甫有位亲叔叔叫杜并。杜审言被贬在江西吉州当司户参军时，把这位儿子带在身边。杜审言有一个任司马的同僚叫周季童，这人听一位姓郭的人挑拨，将杜审言加害下狱。就是杜审言这个十六岁的儿子，为给父亲报仇，在宴会上当众刺杀周季童，致其重伤，自己也当场被周的左右所杀。周季童临死时说："想不到杜审言有如此孝子，是姓郭的误我！"杜审言因此获救，回到了长安。杜甫也以此为傲，在为其二姑写的墓志中还说到这位叔叔："国史有传,缙绅之士,诔为孝童。"

而他母亲出身的崔氏家族,更是当时的名门望族,对此杜甫也说过:"贤良归盛族,吾舅尽知名。"

杜甫外祖母的父亲,出身唐朝皇族,是唐太宗李世民第十个儿子李慎的二儿子,叫李琮,是唐太宗的亲孙子。到武则天改唐为周,唐太宗的子孙多被诛杀。李慎死于流放岭南的途中。李琮被关在河南狱中,两个未成年的儿子,一个叫行远,一个叫行芳,流放巂州。那种流放很残酷,长到成年,就要被杀。哥哥行远到了年纪,将要被诛。弟弟还未成年,免死。但弟弟抱着哥哥涕泣不放,请求代死,结果与哥哥一同被杀。这两兄弟,是杜甫母亲的舅舅,也是杜甫的前辈。杜甫性格直倔,不曲学阿世,未必没有这些英年早逝的先辈的影响,其血中一定奔涌着刚烈的基因。

他的家风,他的教育,他的抱负,都决定了他拥有一个"士"的情怀。虽然在秦州时,他上山寻过橡子,在同谷时,去雪中挖过黄独,以暂度饥寒,但只要有一点可能,他都不会让自己如诸葛武侯般"躬耕于南阳,苟全性命于乱世"。所以,他流离中所来往者,也不是泥涂黔首,而是有一定权位的官场人士,即便是引为知己的南邻与北邻,也不是寻常百姓。

不了解那个时代的社会风习,不了解杜甫的家世与身世,也就无法了解真正的杜甫。治学中所谓"知人论世",正是这个意思。

所以,杜甫的悲剧性,并不在于他是不是要从一个具有人民性的诗人,变成一个真正意义上的劳动人民。他的悲剧性在于,期望中的社会清平不能实现,连带着他也不能在一个污浊的社会环境中,一展满怀儒家治世理想的"士"的个人抱负。

于是,诗歌就成了他自我救赎的唯一途径。于是,他在悲剧命运笼罩下的诗歌创作,才在历史上留下了千古不灭的伟大的人性光辉。

不如此,我们也就不能获得一窥杜甫诗歌堂奥的途径。

还要补充一点,他上疏要救的房琯,当时位居宰辅。杜甫因他丢了拾遗之职,以至于后半生悲摧如此。房琯丢了朝中要职,贬地也是四川,但还位居刺史,任所就在成都北邻的广汉,唐时叫汉州。杜甫流落成都时,房正在汉州刺史任上。杜甫求了那么多人,却不见求他帮助的文字,更没有材料说他对杜甫伸出过援手。这间接说明,杜甫当年上疏，并不是出于私交，而是履行谏官该尽的职责。也见出杜甫在官时，只求公义，并不孜孜于私利的失与得。

第十一章 清词丽句必为邻

杜甫作为中国文学史上唯一称圣的伟大诗人，最最重要的原因，当然是亲历战乱流离，能由己及人，而深味人的痛苦及困窘。但如果他完全被困难淹没和压倒，只是汲汲于最低层次的温饱、肉身的存续，那也不能成就其伟大。

文学作为一种更高层次的情感和精神活动，还在于绝望中，继续对人、对社会深怀美好希望，身陷泥涂依然保持对美的追求和向往。

所以，他在成都，无论顺遂还是困顿，都继续热情地与人往还，继续发现并记录美好。

所以，在严武镇蜀来到成都之前，杜甫虽然生计艰难，但还是为我们留下了相当篇幅的关于草堂待客和成都自然人文之美的美好诗篇。

先看几首写草堂待客的诗。

第一首，作于760年夏天草堂刚刚建成不久。

《宾至》：

幽栖地僻经过少,老病人扶再拜难。
岂有文章惊海内,漫劳车马驻江干。
竟日淹留佳客坐,百年粗粝腐儒餐。
不嫌野外无供给,乘兴还来看药栏。

来访的这位"佳客",一定也是个能对杜甫有所帮助的官员,不然就不会有"车马"相随。这样一位客人来到,杜甫还是高兴的。因为所居偏僻,并不是天天都有佳客前来,所以"经过少"。只是要请客人原谅,自己年老多病,礼数上就不够那么周全,所谓"再拜难"。这么说,当然是因"老病",怕也有面子问题,不能得点好处,就把自己弄得那样感激涕零吧。看来客人也大有雅量,并不以礼疏为意。虽然待客的饭菜也不好,是"粗粝"的"腐儒餐",但客人竟然在草堂一待就是一天,吃喝之外,怕还是要纵论诗赋文章和天下大势吧。所以,临别,杜甫还邀他再来——只要你不嫌乡下没有好吃好喝的,哪天有兴致了就再来,"我"家"药栏"中的草药还是足可一观的。

后人评此诗:"语气亦傲亦真,真处在订其再来。"

前面说，杜甫是"士"，出身地主阶级，有这个身份意识，让他胼手胝足躬耕陇亩，他不会，也不肯。但他懂些药理，迫于生活，至少在秦州时就曾弄些药材售卖，赖以过活。所以，草堂建好后，也辟地开了"药栏"。

这首诗还值得一说。那就是其在诗歌史上的创新。注杜诗的权威仇兆鳌说："直叙情事而不及于景，此七律独创之体，不拘唐人成格矣。"也就是说，唐代人写七律，不能光叙事，要先写两句景，起个兴。但这首诗没有写景，直接叙事，打破了陈规，有独创性。

杜甫虽然时时抱怨"幽栖地僻"，门前冷落，但时不时还是有客人相访，走了又来。

《有客》：

> 患气经时久，临江卜宅新。
> 喧卑方避俗，疏快颇宜人。
> 有客过茅宇，呼儿正葛巾。
> 自锄稀菜甲，小摘为情亲。

"我"身患肺气方面的疾病已经很久了，最近倒有些好转。因为春天来了，更因为临江新筑的草堂空气清新。

此地避开了喧嚣的市井之声，疏放畅快正宜我居停。没想到有客人光临，一家人还衣衫不整，赶快叫小儿穿好麻衣，戴正头巾。菜园里新种的菜苗还长得稀稀疏疏，但为了你来探看的情意，赶快采一些来下锅烹炒！

评此诗者说："观此诗，公颇得意草堂，亦颇得意宾至。"

前两个访客没有留下身份姓名，再来一个客人，可能是更亲近投缘吧，杜甫把他的姓和身份都记下来了。是附近某县姓崔的县令——"喜崔明府相过"。

前面说过，"明府"，在唐代就是县令的别称。金圣叹推测，这个姓崔的人，应该是杜甫母亲崔氏一家的，和杜甫是表兄弟的关系。写此诗的时候，杜甫刚建成草堂后与朋友、与成都的蜜月期已经过去。过了一个生计艰难的秋天，又过了一个四处求人的冬天，这已经是再一年的春天了。这个表亲崔明府是刚从别处来西川上任的吗？杜甫没说，史料也无载，但欣喜欢快之情充溢于字里行间。

《客至》：

舍南舍北皆春水，但见群鸥日日来。
花径不曾缘客扫，蓬门今始为君开。

盘飧市远无兼味，樽酒家贫只旧醅。

肯与邻翁相对饮，隔篱呼取尽余杯。

这首诗流传甚广，不解释了。

只说今天成都市中还有名叫盘飧市的餐馆，这名字也是得于杜诗吗？又或者那时城中就有这样名字古雅的菜馆了。

刚刚说古人表扬过《宾至》一诗不拘一格的独创，而这首《客至》又回到常规中来了，前两句就写欢欣灿烂的春景。如此看来，诗的创新与否，还在于内容表达的需要。古人所谓"不以辞害意"，说的正是这个意思。针对这首诗，美国人宇文所安说，在成都期间，杜甫形成了一种新的律诗风格。"在此类诗中，经常出现快乐自得的形象，老狂士在小农舍中过着朴素的生活，周围是优美的自然风景。"宇文所安正是把这首《客至》当成这类诗的典型。他说："轻快的笔调加上完美的形式，使这首诗备受赏爱，几乎没有一位重要诗人没模拟过首联。"

无论如何，这时不再是杜甫在安史之乱刚发生时，奔波于道上，亲见亲历苍生苦难而写下"三吏"与"三别"的时候了，也不是从华州到秦州再到同谷颠沛流离满心苍凉的时候了。在这里，他将带着欣喜之情为成都画像，为成都的美好定调，为成都写下优美的诗章。

是的，杜甫对成都的美好书写从浣花溪边开始，从温润的气候和优美的景物开始。用宇文所安的话来说，就是"周围是优美的自然风景"。

草堂初成，正是公元760年的春天。

成都的春天，常常在夜晚降下滋润万物的春雨。从古到今的成都人都听到过春夜里细雨敲窗的声音，听到过雨水落到窗前竹叶上、落在院中玉兰和海棠树上的声音。只是今天的成都人不像前人还能听到雨水落在屋顶青瓦上的声音了，那是天空与大地絮絮私语的声音。

杜诗专家萧涤非先生在为杜诗编集系年时，就把杜甫写成都春雨春江的那些名篇——前面已经讲过的《春夜喜雨》《江涨》和《春水生二绝》编排在《客至》之后，更可见杜甫对成都的情感，对成都自然之美的欣赏，并不完全是由自己个人生活是否舒心顺畅来决定的。

我们可以这样说，没有杜甫这些深情的描绘与歌唱，我们恐怕至今也难以把握成都的雨与成都的江的美好韵致。这些诗句是如此深入人心，已经化为我们面对南方的、成都的春雨时直接的感官——无论是听还是看。

成都人确实要在千载之后感谢杜甫，有了他的这些文字,成都的雨,成都夜里悄然而至落了满城的雨,落在浣花溪上、落在锦江之上的雨就与别处不一样了——那是从唐诗里飘来的润物无声的雨。成都可以为此而感到骄傲了。天地广阔,雨落无边。可是,又有几丝几缕被诗意点染后,至今还亮晶晶地发出韵律的清响?

我自己也为成都写过一本书——《草木的理想国》,以二十多种观赏植物写成都四时鲜花盛放的美景。一天,阳光甚好,去龙泉游玩,在一处新辟的湿地公园,枇杷花已开得满树都是,又闻到暗香浮动,翻开叶片,原来有着急的蜡梅已经开了。这还是冬天,那成都的春天呢?还是来读杜诗吧。

红入桃花嫩,青归柳叶新。(《奉酬李都督表丈早春作》)
一径野花落,孤村春水生。(《遣意二首》其一)
云掩初弦月,香传小树花。(《遣意二首》其二)
野寺江天豁,山扉花竹幽。(《游修觉寺》)
水流心不竞,云在意俱迟。(《江亭》)
汀烟轻冉冉,竹日净晖晖。(《寒食》)

　　政治污浊使好人失望,使贤人抑志难伸,他们便只好从自然之美中寻求安慰。

他在《可惜》这首诗中感叹：

> 花飞有底急，老去愿春迟。
> 可惜欢娱地，都非少壮时。
> 宽心应是酒，遣兴莫过诗。
> 此意陶潜解，吾生后汝期。

成都的春天来得早，但春花谢去也太急了些吧，"我"现在的心情是希望春天归去的脚步迟缓一些。成都是个给人带来欢娱的地方，可惜"我"来到此地已不是自己少壮风发的时期。此情此景，宽"我"心是酒，表"我"意就没有比诗更好的东西了。这种境界陶渊明才懂，可惜"我"生也晚，没能和他在同一时代。

正是在这样的心情支配下，一遇好天气，老杜便沿锦江频频出游，寻幽探胜，为成都留下了越来越多的优美诗篇。古往今来，到成都的诗人骚客也多，但要论这些成都诗篇的数量与质量，没有一个人能超过杜甫。从体裁上讲，杜甫将当时盛行的诗歌形式无所不用，无论歌行、五律、七律、排律，还是五言古体，都有千古传诵的经典之作。似乎只有绝句写得随意一些,很多时候都是聊作短章,以诗代简。但杜甫是以诗作为毕生事业的,用他自己的话说,就是"为人性僻耽佳句",是要"语不惊人死不休"的。所以,我们也很难想象他会写不出好的绝句来。

他建好草堂的第二年,又一个春天到来了。这一出游,果然,好的绝句真的就出现了。

春和景明,老杜四处出行,在《徐步》中刻画了自己出行的形象:

> 整履步青芜,荒庭日欲晡。
> 芹泥随燕觜,花蕊上蜂须。
> 把酒从衣湿,吟诗信杖扶。
> 敢论才见忌,实有醉如愚。

把鞋子整理好,是要去到青碧的田野。

"晡",在古代指申时,即下午三点到五点,是说他每天出游的时间。

观察物象十分细致,看到了筑巢燕子嘴边的泥,看到了蜜蜂须上沾染的花粉。

边走还边擎壶喝酒,所以酒会漏下来打湿衣服。当然还要吟诗,斟酌词句时就迎风扶着拐杖。

结果,我们就得到了他不止一组表现旖旎春光的精美短章。

第一组,《江畔独步寻花七绝句》:

其一

江上被花恼不彻,无处告诉只颠狂。

走觅南邻爱酒伴,经旬出饮独空床。

春光和暖,锦江两岸开满了鲜花,但心里还怪花怎么不把江岸全部覆盖。这样的心情无法与人诉说,弄得自己如痴如狂。只好起身去找南边爱酒的那个邻居斛斯融,可是他出门找酒喝已经十多天了,家里只留下一张空床无人睡眠,"我"只好面对这些春花独自"颠狂"。

刘辰翁说:"每诵数过,可歌可舞,能使老人复少。"

其二

稠花乱蕊裹江滨,行步欹危实怕春。

诗酒尚堪驱使在,未须料理白头人。

花乱开!"我"身体老衰,真是经不起这生气勃发的"稠花乱蕊"的撩拨,被弄得行步欹跄,像是害怕这春情激荡。乱开的花!其实"我"并没有老到不堪,仍然有诗意酒情,大好春光当前,就无须再叹自己已然白头了吧!

仇兆鳌说:"行步欹危,老年之状。诗酒堪使,不须虑死也。前二自悲,后二自慰。"

其三

江深竹静两三家,多事红花映白花。
报答春光知有处,应须美酒送生涯。

前人评诗时,有一句常见的话,叫"画中有诗,诗中有画"。这首诗前两句就是如此。杜甫同时代的王维的诗,就常被人如此评价。杜诗却有奇处,它不是静态的画面,有很强的主观性。这幅画面的描绘,就胜在"多事红花映白花"。这个"多事",含着老杜对乱开春花的一点嗔怪之意,与第一首"恼不彻"的"恼",第二首"实怕春"的"怕",都是亦喜亦嗔,情绪一以贯之。巧妙的修辞看似无心点染,实则用心也细,用情也真。

前人评杜诗已经说得很好:"'红花''白花',人所不屑道,而添上'多事',便奇。"

其四

东望少城花满烟,百花高楼更可怜。
谁能载酒开金盏,唤取佳人舞绣筵。

沿江边寻花,走得离城近了。望见成都西边的"少城"了。

萧涤非先生主编的《杜甫全集校注》说:"相传战国秦张仪筑成都大城,后又在城西筑小城,东墙与大城西墙相接,称少城。"

注此诗的前人说:"少城,小城也。在大城西,市在其中。"

大城中驻扎着军队,罗列着官衙。少城中却是市井,各种市集和驿馆酒家。此时满城花开烂漫,如霞如烟。遥望此景,老杜就想城里该有哪位朋友相邀,百花楼中,开个酒宴,唤来春衫绢薄的美人,且歌且舞,将新诗唱遍。

前人指出,老杜这是"望友人载酒召妓相邀也"。春光无限,此老不老,春心荡漾。

前人还说:"招饮无人,所以望楼兴叹。"

其五

黄师塔前江水东,春光懒困倚微风。

桃花一簇开无主,可爱深红爱浅红?

城里有没有人相邀饮宴,杜甫没说,但依然被春光催促,继续出游却是真的。

解一个地名,"黄师塔"。塔,是葬和尚的地方。这座塔中葬着的是一个姓黄的师父。塔在江边,周围开着灿烂桃花。这种葬制,南宋时还有,陆游在成都时就曾见过。他在《老学庵笔记》中说:"予在成都,偶以事至犀浦,过松林甚茂,问驭卒:'此何处?'答曰:'师塔也。'盖谓僧所葬之塔。于是乃悟杜诗'黄师塔前江水东'之句。"

春游困倦了,便在塔前倚风休息,眼前桃花自放,深红浅红错杂相映,不晓得该爱深红的多些还是浅红的多些。

古人说:"两'爱'字有致。"还有人说:"二句绝代销魂。"

深红浅红,交相辉映,不知爱谁,好烦恼人呵也么哥!

其六

黄四娘家花满蹊,千朵万朵压枝低。

留连戏蝶时时舞,自在娇莺恰恰啼。

寻花寻过了和尚塔,再寻就寻到了黄四娘家。

花把路两边都开满了,千朵万朵密密实实,沉甸甸地把树枝都压弯了。花丛中,采蜜的蝴蝶在翩跹舞蹈,恰恰在这时,花树间自由自在的黄莺发出了娇媚的啼鸣。

苏东坡读此诗后感叹:"黄四娘独何人哉?而托此诗以不朽,可以使览者一笑。"

何止是黄四娘,成都许多地方,许多风物,都是拜杜诗而留名,因杜诗而不朽!

其七

不是爱花即肯死,只恐花尽老相催。

繁枝容易纷纷落,嫩叶商量细细开。

仇兆鳌说:"爱花欲死,少年之情。花尽老催,暮年之感。"

"老夫聊发少年狂",花乱开,花乱开,如欲青春重来!花将尽,花将尽,枝上繁华纷纷落,花后新叶细细开。又是老去之叹!眷恋生命美好,才与花后新叶商量,是不是凋零的时刻来慢一点。

所以,有前人就说:"爱花之心,仍属有待。""有待",就是对前途还有美好期待。

如果说,杜甫很多绝句,如前引的那些以诗代简的作品,相对律诗与歌行写得较为随意,那么这一组绝句是下足了功夫,看似随兴而为,其实是精雕细刻。盛唐诗人中,王昌龄号称"绝句圣手",李白、王维和岑参等人都有不少千古传诵的经典名篇。杜甫似乎是到成都后,感于此地的无限春光,江天云树,花事纷繁,才以自成风格的绝句来刻意加以表现。

关于绝句这种诗歌体例,施蛰存先生在《唐诗百话》中说得很清楚明白:"远在晋宋时代,诗人论诗,常常说'二句一联,四句一绝'。……每四句,即二联二韵,就是一绝。绝句这个名称,即起于此。"

他还说:"'绝'的意义是断绝。'四句一绝'是用四句诗来完成一个概念,古人称为'立一意'。简单的主题思想,四句就可以表达清楚,这就称为一首绝句。繁复的主题思想,可以用八句、十二句、十六句来表达,我们就可以说这首诗里有二绝、三绝或四绝,但不能说这是二首、三首或四首绝句。绝与绝句不同。绝是与思想段落契合的诗的段落,绝句是四句诗的形式名词。

"一个完整的概念,用四句诗来表达,是我国诗的老传统。《诗经》、楚辞、汉魏乐府,差不多全是四句一个概念,或说思想段落。《诗经》以四句为一章,乐府歌辞以四句为一解。现代民间山歌小调也多以四句为一首或为一段……

"绝句的形成,早于律诗。

"绝句这个名词,齐梁时期已有。但当时的绝句只是四句二韵,并不讲究和声。这种绝句,还是古体诗,可以称为古绝句,不属于唐代的律诗。

"绝句本来也是律诗的一种形式,在唐人的语文习惯中,从来不把'律'和'绝'对立起来。"

古绝较律绝形式自由,有两个特点:一是可押仄声韵,二是行文不拘平仄。

律绝,讲究平仄,押韵严格。

唐人在声韵上更为严格,大多写的是律绝。

今天写自由诗,围绕某个题材或某种意绪,有一种称为组诗的写法。每首诗之间互相关联，互相映照，以达到充分表达之目的。古人没有组诗这种提法。没有这个提法，杜甫却用了这个方法。在他之前，李白也用过这个方法。以写成都的诗为例，李白写《上皇西巡南京歌》，一作就是十首，"九天开出一成都，万户千门入画图"那首写成都的名篇，就是其中一首或一章。

杜甫写成都的绝句，也采用了这种方法。而且写了一组七首不够，再来一组，那就是《绝句漫兴九首》：

其一
眼见客愁愁不醒，无赖春色到江亭。
即遣花开深造次，便觉莺语太丁宁。

人在客中，愁思种种，大好春色，却来相顾。"深造次"，花开得也太快了吧，都不容"我"愁醒之处调整好心情。"太丁宁"，花树丛中的鸟儿们也太唠叨了吧。就这样，无边春色已经来到了新筑的江亭。杜甫草堂那时的形势和今天有点不一样，是柴门对着江水，江水边上还建有一个水槛，也就是"江亭"，杜甫就或倚或坐，在亭中看春来眼底。

其二

手种桃李非无主，野老墙低还是家。

恰似春风相欺得，夜来吹折数枝花。

这些开花的桃李是"我"亲手种下的，可不是无主的野树。草堂虽然围墙很低，却仍是一个数口之家。这春风凭什么就越墙而来，一夜间吹折了那几枝白花和红花。

也是嗔春恼春呀！

汪灏解诗人的心情说："春乎，尔何逾垣，夜入我家吹花，不听我主持乎？皆作戏谑语，妙。"

其三

熟知茅斋绝低小，江上燕子故来频。

衔泥点污琴书内，更接飞虫打著人。

还是围绕着茅屋细细写来。因为草堂低矮，不是高门大户，江上燕子才不生畏惧，频频飞来。让人想起他的七律《堂成》，也就是草堂刚刚建成时，杜甫就已经写过"频来语燕定新巢"。燕子筑巢于人家檐下，往来衔泥，漏下些许，弄脏了家中的琴与书。它们在空中扑食飞虫时,翅膀还把屋里人都碰着了。又或者,躲避燕子的飞虫都撞在人身上了。

二首责备风,三首嗔怪亲不避人的燕子。一个与自然相亲相近,心意如顽童的野老形象便跃然纸上。

其四

二月已破三月来,渐老逢春能几回。

莫思身外无穷事,且尽生前有限杯。

二月明明是"过",却用一个"破"字,大妙。"三月来",明白如话,也逶迤迢递,节奏欢快。人生已满半百,和这样美好的春光还能相逢几回?时序递进,引出的是对生命苦短的深深感慨。及于此心此情,李白会说,"人生得意须尽欢";老杜则说,"身外无穷事",江山安危、明日衣食,都且放下,把眼前这杯酒,在和煦春光中一饮而下。这也是叫自己放下百忧,乐天知命的意思了。

其五

肠断江春欲尽头,杖藜徐步立芳洲。

颠狂柳絮随风去,轻薄桃花逐水流。

扶着竹杖立在江边芳洲之上,看江水东流向天尽头,春天也将与江流一样消逝,使人生愁而肠断。果然是春将尽了!你看柳絮正随风飘散,桃花纷纷凋落水面,要与江水同走。以辛弃疾的词解这首诗吧:"惜春长怕花开早,何况落红无数。春且住!"

其六
懒慢无堪不出村,呼儿日在掩柴门。
苍苔浊酒林中静,碧水春风野外昏。

一心入世济世的人无奈做了方外之人,大白天都掩着柴门,门前路上都生了苍苔,那就酌酒伤春,且自逍遥吧。

其七
糁径杨花铺白毡,点溪荷叶叠青钱。
笋根稚子无人见,沙上凫雏傍母眠。

时序推进,此时已然到夏天了。杨花的白絮铺满了乡间小径,水面上荷叶露出来,像层层叠叠的青色铜钱。抽节的竹笋旁,小儿玩耍无人看见,沙洲上刚孵出的小野鸭傍在母鸭身边。

金圣叹说:"此言春去夏来。'糁径'句,写春去之尽情。'点溪'句,写夏来之明验。"

"点"这个字用得绝妙!谁"点"?天地造化!清代学者李因笃说:"体物撰字,不谓之诗圣不可。"

其八

舍西柔桑叶可拈,江畔细麦复纤纤。

人生几何春已夏,不放香醪如蜜甜。

《诗经·七月》云:"女执懿筐,遵彼微行,爰求柔桑。"

"柔桑"就是细嫩的桑叶,复有纤纤麦苗,正是夏天景致了。春去也,人与时光俱老也!

生活于十六至十七世纪的朝鲜诗人李植评此诗说:"酒不可离也,嗜酒如蜜也。"

其九

隔户杨柳弱袅袅,恰似十五女儿腰。

谁谓朝来不作意,狂风挽断最长条。

草堂植树很多，但没有栽柳，所以说垂杨柳是"隔户"的，在邻居家门前。

前一组七首，或七章，是写出游赏春，触目起兴，随意点染，诗意盎然。

这后一组九首，或九章，却是人待在家中不动，写春动江岸，春到江亭草堂，方寸之地，无限风光。这无限风光，静中有动。动态来自时光流转。金圣叹评这一组诗便着眼于此，他说："前八首，次第写流光之疾。"他还说："夫自初春、仲春、深春，而今倏然已夏，百年人生，如此能几？"

我们要充分注意，这两组诗没有用典，这就和杜甫其他体例的诗，特别是律诗大异其趣。注杜诗人多，太多，都一致认同他的诗总体风格是"沉郁顿挫"。用这四个字，说他的歌行，说他的律诗，完全没有问题。但他认真作的绝句，却是清新飘逸，明白如歌。

歌就是歌唱。这种歌唱的方法，也就是这种作诗的方法，古人早就充分注意到了。杜甫绝句的写法在唐人中独树一帜，与他本人其他体例的诗作相映相对，也是独树一帜。对此，那么多注杜诗的前人，比较一致的意见是，他如此精构写于成都的这些绝句,是向民歌学习的结果。巴蜀大地,本就有一种民歌,叫竹枝词,偏于俚俗,但清新可喜,自由洒脱。王嗣奭说这两组诗"亦竹枝变调",是明白如话的竹枝清音。

"夜来吹折数枝花",是。

"更接飞虫打著人",是。

"二月已破三月来",是。

"恰似十五女儿腰",是。

"糁径杨花铺白毡,点溪荷叶叠青钱",稍加修辞便提升了美感,更是。

杜甫这种写法,在唐诗中也影响到后人,比如刘禹锡。

杜甫死后两年,刘才出生。公元821年,刘禹锡在唐顺宗朝因与王叔文、柳宗元等改革失败被贬远州,后到杜甫晚年也待过几年的夔州任刺史三年。其间就刻意学习当地民歌,有《竹枝词》和《杨柳枝词》等传世。比如:"杨柳青青江水平,闻郎江上踏歌声。东边日出西边雨,道是无晴却有晴。"

对于老杜的绝句向民歌学习这点,赞赏者大有人在,但也有人不喜欢,嫌其俚俗,如小说演义家言。这样的看法,我是不同意的。王昌龄、李白、王维的绝句我喜欢,杜甫另开一派的绝句，我也深深喜欢。爱的是一个文学家不定于一轨，对诗章之美的多种路径都放胆探索，而得大成。这也让我们在面对自然之美的时候，多了感受路径与表现方法。纵观文学史，有不少艺术形式往往因过分追求所谓"雅驯"，互相因袭，进而失去活力走入死路。

关于此点，鲁迅先生的观察就很深刻，他说："歌、诗、词、曲，我以为原是民间物，文人取为己有，越做越难懂，弄得变成僵石，他们就又去取一样，又来慢慢绞死它。"

杜甫对此有充分的认识，在此期间，他还写了一组论诗的绝句——《戏为六绝句》，评论前人作品，并提出自己的创作主张：

不薄今人爱古人，清词丽句必为邻。

要清词丽句，有文章之美，"我"愿意向一切人学习，既尊崇古人先贤的丰富积累，也不鄙薄今人的探索创新。这个今人，也当包括了民间文化鲜活的审美经验。

他还说：

别裁伪体亲风雅，转益多师是汝师。

过于因袭,失去生活气息,生命体验则近乎伪。要保持创造活力,就要转益多师,向各个方面学习取法,让所有富于表现力、创造力、活力的方法,都成为"我"师法的对象。

杜甫一生,为后世留诗一千四百余首。绝句占比不高。这种别开一派的绝句,写得亲切自然,且是一组数篇的,大都作于成都期间。这样一个现象,我觉得值得研究者特别留意。

公元762年,他送严武归京,前脚走,后脚就发生徐知道的成都兵变,以致他漂泊东川一年多。直到严武再度镇蜀,他才于广德二年(764)春天,再归成都草堂。

其间,他又继续作这种成组绝句,还是写成都江风花语中的心情、天气与物象。

《绝句二首》:

其一

迟日江山丽,春风花草香。

泥融飞燕子,沙暖睡鸳鸯。

其二

江碧鸟逾白，山青花欲燃。

今春看又过，何日是归年。

如此明白清新，再解释都多余了。

不久，又作《绝句六首》。因为篇幅限制，不引了。

六首不过瘾，又作了《绝句四首》。这回不得不引了，因为其中一首，是写成都流传最广的名篇之一。

其一

堂西长笋别开门，堑北行椒却背村。

梅熟许同朱老吃，松高拟对阮生论。

后两句那些感慨就不讲了。前两句，一句写草堂西门长出好多笋子，为了让它们自由生长，院子篱墙上还另开了一道门。原来我们已经知道"草堂堑西无树林"，所以讨了桤树来栽。现在，又知道"堑北"整整齐齐地栽了花椒树，"行椒"是也。

其二

欲作鱼梁云覆湍,因惊四月雨声寒。

青溪先有蛟龙窟,竹石如山不敢安。

春江水又涨,本来要筑一道鱼梁以便捕鱼,但云厚水湍,雨声也带着寒意,是干不成了。深水中如生蛟龙,准备好了竹、石等筑鱼梁的材料,也不敢去安。前人就注意到杜甫写诗有意学当地口语,"不敢安"就是口语,今天四川人还这样说。

其三

两个黄鹂鸣翠柳,一行白鹭上青天。

窗含西岭千秋雪,门泊东吴万里船。

这首诗童叟成诵,众口流传。杜甫成都诗二百余首,此首和《春夜喜雨》一起,是流布最广的。成都以宽厚人情、优美自然容杜甫在此三年有余,杜甫还成都优美诗章,美誉千载。

皓首千载意,老杜魂归来!

第四首,说的是草堂药栏中所栽的草药,就不多说了。

想说的是，诗中这个"西岭"，今天有些人将其解释为特指，说所指的就是今天大邑已开发成景区的那一座山。这样说，小了。那时杜甫西望，看到的是一大片参差雪山，所谓"西山白雪"。我们读杜甫成都诗，发掘其中包含的历史文化信息，同时也要学习杜甫宽阔的胸襟，气量要宽，眼界要大。不然，就太对不起杜甫留下的这份精神遗产了。

所以，我讲杜甫成都诗，讲到写西山雪岭这些诗的时候，就挪了一个地方，挪到了西山之中的四姑娘山主峰之下，其中便包含了这样的意思。

第十二章 春归草堂

因为在与吐蕃的边境战争中打了败仗，丢掉了岷山中拱卫成都平原的战略要地松州、维州和保州，六十一岁的高适被免去节度使职调往中央任职。

严武第三次入蜀，再任剑南节度使。他这次来当救火队长，力图挽救与吐蕃西山三城之战的败局。

时在唐代宗广德二年（764）春天。

杜甫原本已经放弃再回成都的希望，打算从阆州乘船顺嘉陵江东下吴楚。

763年冬天，他就已经做好了东去的准备，并写诗向朋友们宣告了——《将适吴楚，留别章使君留后兼幕府诸公，得柳字》。即将东去吴楚之地，写这首诗与梓州章刺史和他幕府中的各位从官道别，用"柳"字作韵脚。

> 我来入蜀门，岁月亦已久。
> 岂惟长儿童，自觉成老丑。
> ……………

"我"入剑门关来蜀地,已经三年时间了。家里的孩子一天天长大,但自己越来越老,老态龙钟,而自觉变丑。

　　昔如纵壑鱼,今如丧家狗。
　　…………

年轻时,意气风发,壮游吴越梁宋、山西山东,自由自在如鱼入大川深壑。看眼下,缺衣少食,惶惶然如丧家之狗。

　　中原消息断,黄屋今安否?
　　终作适荆蛮,安排用庄叟。
　　…………

中原的消息已经断绝,也不知道皇帝是否安好。

"黄屋",帝王出行,车盖用黄缯做盖里,所以叫黄屋。

如此苦危之局中,"我"也只好效法庄子,随遇而安,而不敢奢求其他了。

杜甫为什么要急于"适荆蛮"?其中有个缘故。朝廷想起他来,还授了他一个功曹参军的七品官。但道路险阻,他回不去长安。那么,先到荆楚之地,这距离也近一点。当然,杜甫作为诗人,以前没到过的荆山楚江,对他应该也很有吸引力。

真的是准备走了,其间还派他弟弟杜占回了一趟成都,也有诗记之——《舍弟占归草堂检校,聊示此诗》。杜占归草堂干什么?"检校",清点整理财物。"聊示此诗",交代需要注意的事项。家人离成都时,应该是把草堂托付给人看管了,这回该是去看看有些什么东西可以处理变卖。

但是,严武要来了。

一听到严武再来的消息,老杜便改了主意,要回成都。高适当节度使,不肯认真理会他,但严武他是信得过的,马上写诗寄去。

《奉待严大夫》:

> 殊方又喜故人来,重镇还须济世才。
> 常怪偏裨终日待,不知旌节隔年回。
> 欲辞巴徼啼莺合,远下荆门去鹢催。
> 身老时危思会面,一生襟抱向谁开。

身在异乡漂泊,喜闻故人又来。

成都是西川重镇,南扼南诏,西御吐蕃,没有济世之才的人是镇不住的。高适就没有镇住。解释一下"旌节"。旌,是旗帜;节,是符节、权杖。如何张旗,如何持节,当时也有规矩。唐代制度,节度使都持旌持节。旌节都表示皇帝授权。授什么权?一是专赏之权,代皇帝赏赐恩典,以旌旗表之。二是专杀之权,以符节表之,犹如得了尚方宝剑。这说明严武之位高权重。

本来"我"已经打算从巴地顺江而下,远走荆门,但你一来,"我"是不走了。

不去吴楚,就上路回成都去。

回去的时间是二月间,杜甫也有诗——《渡江》:"春江不可渡,二月已风涛。"嘉陵江涨了春水,本"不可渡",但还是渡了。

路上又写了《自阆州领妻子却赴蜀山行三首》,选一首吧:

其二

长林偃风色,回复意犹迷。

衫裛翠微润,马衔青草嘶。

栈悬斜避石,桥断却寻溪。

何日干戈尽,飘飘愧老妻。

长林风暗,归路几迷。

翠林云雾把衣服浸湿,马不断地停下去啃食青草,催促紧了,它就发出抗议的嘶叫。

栈道很悬,需要不时避开那些突出的岩石;遇到断桥,只好去寻找可以徒涉的浅溪。

要到哪一天这战乱才到尽头,如此漂泊奔波真是愧对"我"那老妻。

行前,又作诗——《将赴成都草堂,途中有作,先寄严郑公五首》,一口气给严武写了五首诗,可见其欢欣之情。

其一

得归茅屋赴成都,直为文翁再剖符。

但使闾阎还揖让,敢论松竹久荒芜。

鱼知丙穴由来美,酒忆郫筒不用酤。

五马旧曾谙小径,几回书札待潜夫。

这首诗,直把严武比作汉代的蜀郡太守文翁。《汉书·循吏传》说:"文翁,庐江舒人也。""景帝末,为蜀郡守,仁爱好教化。"又说:"至今巴蜀好文雅,文翁之化也。"这里,老杜把严武这个武将比为文翁,有过誉之嫌,但情到深处,也可理解。

同时,还想起了成都的美食——丙穴鱼和郫筒酒。

丙穴鱼,《蜀都赋》就记"嘉鱼出于丙穴",即山根崖脚深潭中出好鱼,四川话叫"鱼窝子"。好多地方,都有这种出嘉鱼的丙穴。靠近成都的邛州就有,杜甫此前应该已经品尝过了。

郫筒酒,产自郫县(今成都郫都区)。宋代的时候,诗人范成大做四川制置使,位高权重,相当于严武当年一样的位置。范成大卸任离开时,把成都四周游览一遍,留下一本游记《吴船录》,书名取的就是杜甫"门泊东吴万里船"之意。其中就写到了郫筒酒。

范氏的记载很详细:"截大竹,长二尺以下,留一节为底,刻其外为花纹。上有盖,以铁为提梁,或朱或黑,或不漆,大率挈酒竹筒耳。《华阳风俗记》所载,乃刳竹倾酿,闭以藕丝蕉叶,信宿馨香达于外,然后断取以献,谓之郫筒酒。"

杜甫写这些,已经是在期待与严武把酒重欢了。
后四首诗还说:

雪山斥候无兵马,锦里逢迎有主人。(其二)

严大夫回来任务重啊,因为西边雪山中已经没有唐朝的兵马了;不过,"我"回成都倒是有好的主人。雪山中无朝廷兵马,是因高适兵败。前一年,没有对他表示欢迎的锦里主人也是高适。这么写,就是古诗笔法中所谓"隐而不显""怨而不怒"。

但这回严郑公回来了,诗人要重回草堂了。可那草堂一定都荒芜了:

新松恨不高千尺,恶竹应须斩万竿。(其四)

当年栽的松树长得慢,如今也没长高多少吧;倒是那些疯长的竹子可能得砍去不少,给松树让出生长空间。

昔去为忧乱兵入,今来已恐邻人非。(其五)

当年离去后,担心草堂被乱兵糟蹋;今天回来,又担心周围没有那些熟悉亲切的邻居了。

又回到成都了!草堂还安在,并未毁于兵乱。欣喜之余,写《草堂》记之:

> 昔我去草堂,蛮夷塞成都。
> 今我归草堂,成都适无虞。

当年徐知道成都兵变,引了周边许多军队为外援,所以说"蛮夷塞成都"。

接下来描绘兵变的情形:

> 请陈初乱时,反覆乃须臾。
> 大将赴朝廷,群小起异图。
> 中宵斩白马,盟歃气已粗。
> 西取邛南兵,北断剑阁隅。
> 布衣数十人,亦拥专城居。
> 其势不两大,始闻蕃汉殊。
> 西卒却倒戈,贼臣互相诛。

焉知肘腋祸，自及枭獍徒。

义士皆痛愤，纪纲乱相逾。

一国实三公，万人欲为鱼。

唱和作威福，孰肯辨无辜。

眼前列杻械，背后吹笙竽。

谈笑行杀戮，溅血满长衢。

到今用钺地，风雨闻号呼。

鬼妾与鬼马，色悲充尔娱。

国家法令在，此又足惊吁。

贱子且奔走，三年望东吴。

弧矢暗江海，难为游五湖。

清代有个叫杨伦的，乾隆年间做过金堂知县，也深爱杜诗。他说此诗："以草堂去来为主，而叙西川一时寇乱情形，并带入天下，铺陈终始，畅极淋漓，岂非诗史？"说的就是铺叙的这一大段。

严武离开成都，宝应元年（762）七月，兵马使徐知道就在成都发动兵变。他为了壮大队伍，从邛崃以南的山区引内附的武装进入成都，并与他们的首领杀白马歃血盟誓。徐知道阻断了剑阁以北秦岭中通往长安的蜀道，并把好多追随者封为州县的官员。但是,这些作乱的人因争夺权力财产,很快就发生内讧。徐知道自己被统帅邛南兵的李忠厚杀死。杜甫这首十八韵的长篇,所写就是这段史实。

> 不忍竟舍此,复来雍榛芜。
> 入门四松在,步屟万竹疏。
> 旧犬喜我归,低徊入衣裾。
> 邻舍喜我归,沽酒携胡芦。
> 大官喜我来,遣骑问所须。
> 城郭喜我来,宾客隘村墟。
> 天下尚未宁,健儿胜腐儒。
> 飘飘风尘际,何地置老夫。
> 于时见疣赘,骨髓幸未枯。
> 饮啄愧残生,食薇不敢余。

但叛乱终于平定了!

回来了!草堂还是原来的样子。那四棵松树还在,环绕草堂的竹林也长得很好。这里的狗还认得"我",老邻居也用葫芦装酒来庆贺"我"的归来。

"大官",也就是严武,也为"我"的归来感到高兴,立即就派人骑着马来,看"我"生活上有什么需要。

成都这个城也欢迎"我"回来,很多旧交新知都来看望"我",把村中的路都堵住了。

欢喜之余,还是感慨。草堂虽在,成都乱平,但天下远未安宁。平乱需要严武这样的武将,而不是"我"这种迂腐的书生。"我"就是个多余的人啊,一饭一食、一饮一啄间,都深感惭愧。所以只要活着就好,再不敢有其他奢求。

他还为三年多前栽下的四棵小松树专写了一首《四松》:

> 四松初移时,大抵三尺强。
> 别来忽三岁,离立如人长。
> 会看根不拔,莫计枝凋伤。
> 幽色幸秀发,疏柯亦昂藏。
> …………

杜甫宝应元年(762)离开草堂,归来已是广德二年(764)春天,所以是"别来忽三岁"——三个年头了。四棵松树初栽时不到三尺高,现在已经长得大人一样高了。虽然枝丫有些损伤,但根还牢牢扎在土里,在这春天里又萌发了青碧的新枝新叶，枝干也长得挺拔健壮。可见，杜甫有多么爱自家栽的这些树，是多么用心地在经营草堂。

四松之外，当年还栽了上百棵桃树，所以，接着又为早前栽下的桃树写了《题桃树》：

> 小径升堂旧不斜，五株桃树亦从遮。
> 高秋总馈贫人实，来岁还舒满眼花。
> 帘户每宜通乳燕，儿童莫信打慈鸦。
> 寡妻群盗非今日，天下车书正一家。

草堂刚建成时，通到堂屋的小路是直直的，但不在的这三年，靠屋近的五株桃树长了起来，把这路都挡住了。有人建议将它们砍了，但老杜舍不得。一则是实际的用处，秋天，"总馈贫人实"；二则是审美的考虑，春天，"还舒满眼花"。还不止于此，之所以保留这些树，是因为爱心满溢，要方便乳燕往来、慈鸦哺子。由此还想到，动乱之世，妻多寡居，盗多成群，但成都乱平，割据之徒陨灭，且喜又是车同轨书同文、天下一家的太平之景了！

杜甫又过上当年初营草堂后那样的安稳日子，又开始欣欣然写歌颂成都美景的诗篇了。

锦江春色来天地,玉垒浮云变古今。(《登楼》)
蔼蔼花蕊乱,飞飞蜂蝶多。(《绝句六首》其二)
隔巢黄鸟并,翻藻白鱼跳。(《绝句六首》其四)
地晴丝冉冉,江白草纤纤。(《绝句六首》其五)
鸟栖知故道,帆过宿谁家?(《绝句六首》其六)

还继续修葺草堂。修复草堂需要钱,还是老路子,向人讨要。有个王姓录事官答应过要给些钱作为"修草堂赀",但一时没有兑现。于是杜甫写了一首诗给他,《王录事许修草堂赀不到,聊小诘》:

为嗔王录事,不寄草堂赀。
昨属愁春雨,能忘欲漏时。

日子稍一宽松,诗人的幽默感就回来了。

继续打理草堂,荒草滋蔓,刈除之,有诗《除草》。

竹林长成,太过茂密,伐去一些,作诗记之,《营屋》:

我有阴江竹,能令朱夏寒。
阴通积水内,高入浮云端。
甚疑鬼物凭,不顾剪伐残。
东偏若面势,户牖永可安。
爱惜已六载,兹晨去千竿。
萧萧见白日,汹汹开奔湍。
度堂匪华丽,养拙异考槃。
草茅虽薙葺,衰疾方少宽。
洗然顺所适,此足代加餐。
寂无斤斧响,庶遂憩息欢。

这已经是公元765年的春天了,算起来,是杜甫来四川的第六个年头。

竹子实在是长得太多太密,草堂晒不到太阳,盛夏都生出寒意。这个早上,就把过于茂盛的千竿竹一齐伐去,为的是让草堂重新沐浴阳光,也为了打开视野,看到奔流的江水。忙活完这一切,砍竹子的斧斤声都停了下来,诗人在廓然一清的草堂中休息,着实感到了安居之欢恰。

这是最后一次用心修葺、打理草堂了。很快,便有意外之事发生，杜甫也就不得不离开成都，离开草堂了。但这个时候的杜甫并不知道。

这回严武回成都，打算彻底解决他的生计问题，就从朝中给他要了名头编制，让他到节度使幕府中工作。杜甫去了，从764年夏天干到冬天。但受不了官场拘束的他于第二年开年，便又辞归到浣花溪畔。依然沉迷于江村景致，依然沉溺于自己的浩茫心事，依然心系北方朝廷和天下安危。

《天边行》：

> 天边老人归未得，日暮东临大江哭。
> 陇右河源不种田，胡骑羌兵入巴蜀。
> 洪涛滔天风拔木，前飞秃鹙后鸿鹄。
> 九度附书向洛阳，十年骨肉无消息。

老杜哭于江滨，是因为有家归不得。

哭的更是天下依然动荡不安，"陇右河源"地方因为与吐蕃的战事不断，田地都不得耕种，巴蜀地方依然受到"胡骑羌兵"的威胁。

多少次写信到洛阳那边，却得不到故乡骨肉的消息。

第十三章 再说杜甫与严武

严武再到成都，负有重要使命，但他和前度在西川时一样关照杜甫。

杜甫一到成都，严武自己有公务脱不开身，不能亲访草堂，就派手下去询问生活所需。

不仅如此，还替他从朝廷求了个官职——检校工部员外郎。

原先，杜甫在肃宗朝中任的左拾遗是八品官。这回，严武替他讨的这个官品位一下高了许多，从六品。工部，是唐朝的中央六部之一；员外郎，是部下辖某机构领导的副手。当然，杜甫并不在长安朝中，所以，不是实任，但享受这个级别的薪俸待遇。在唐代，真正在岗任职的叫职事官，有名义但并不具体任职的，就挂个名，享受待遇。杜甫这个员外郎，就是如此。就近在成都严武府中任了参谋手下，这样也不错，可以有一笔稳定的薪俸收入。

这下，杜甫就得去城里上班了，还换上了一身正式的官服。唐代不同品级的官服颜色不同。大略说来，三品以上，服紫；四品，深绯；五品，浅绯；六品官服是深绿色。除颜色不同外，衣服上的绣花也不相同。四品至七品，衣料上是直径一寸的小朵花。同时，还佩带不同材质的鱼形符，鱼符套袋挂在腰间。但六品官没有鱼袋。这里是指唐朝早期和全盛时期，后来也就没有那么严格了。杜甫的官服，古籍中说"赐绯"，他自己在《春日江村五首》中也写过"扶病垂朱绂，归休步紫苔"，也说自己穿着紫红色的官服。

杜甫就穿着这样的官服去城里上班，厕身于行伍之间了。

他写于幕府中的第一首诗就是《扬旗》，并在题下加注："二年夏六月，成都尹郑公置酒公堂，观骑士试新旗帜。"

这个"二年"，是广德二年（764）。"郑公"是严武的封号郑国公，他时任剑南节度使，还兼着成都尹。

这天，公堂上摆了酒，堂前是军队演武的校场，骑士正在试演运用新旗帜。这个旗帜，怕不全是为了装饰，舞动翻飞，也是传递号令。

江风飒长夏,府中有余清。

我公会宾客,肃肃有异声。

初筵阅军装,罗列照广庭。

庭空六马入,駊騀扬旗旌。

回回偃飞盖,熠熠迸流星。

来缠风飙急,去擘山岳倾。

材归俯身尽,妙取略地平。

虹蜺就掌握,舒卷随人轻。

三州陷犬戎,但见西岭青。

公来练猛士,欲夺天边城。

此堂不易升,庸蜀日已宁。

吾徒且加餐,休适蛮与荆。

先说天气。夏日昼长,故称"长夏"。节度使府中干净清爽。现在,老杜已是严武府中的幕僚,故称严为"我公","我"的领导。他治军严肃,早有名声。现在他置酒于公堂,和客人一起检阅军队。

骑兵挥扬着旗帜驭马入场,"回回"是队列周旋之姿,"熠熠"是兵将精神风采。

"风飙急""山岳倾"和后两句，都是形容兵将训练有素，演武演出了夺人气势。

紧接着就说，松、维、保三州已陷于吐蕃，严公这样训练勇猛的军队，是要把西山里如在天边的三城再夺回来。眼下这升堂练兵的情形来之不易，严公的到来使古代庸国与蜀国这些地方已经日渐安宁。"我"要努力加餐饭，等待胜利，不再想漂泊流离，东去荆楚之地了。

汪灏说得好，这首诗"观骑士试新旗帜，说出练猛士、夺边城、靖庸蜀，非徒作颂祷语，是写实事"。杜甫的现实主义精神，就在于不溢美，实事求是。

观演兵是在六月间，不久，严武便麾军向西山进军，收复失地去了。也就一个多月时间，前方就传来了唐军战胜的好消息。

《旧唐书》提到了这次战役："广德二年，破吐蕃七万余众，拔当狗城。"

这个好消息是严武亲自写诗告诉杜甫的。

诗叫《军城早秋》：

昨夜秋风入汉关，朔云边雪满西山。
更催飞将追骄虏，莫遣沙场匹马还。

杜甫得此消息，当然喜不自胜，马上作诗一首，《奉和严郑公军城早秋》：

秋风袅袅动高旌，玉帐分弓射虏营。
已收滴博云间戍，更夺蓬婆雪外城。

仇注引黄生《杜诗说》曰："'滴博''蓬婆'，地名本粗硬，用'云间''雪外'字以调适之，读来便觉风秀，运用之妙如此。"这是从写作技巧上讲的。滴博、蓬婆两地，都在今天理县岷江支流杂谷脑河谷到鹧鸪山一带。

杨伦《杜诗镜铨》也说："严诗一味英武，此更写得精细，将多少方略在，而颂处仍不溢美。"也是从诗艺着眼。

但严武诗也是英气勃发，自信豪迈，真上将军之风度也！

从历史事实上讲，严武此战之胜，也足载之史册。《旧唐书》就说，他继首战"拔当狗城"后，"十月，取盐川城"。

严武此战之胜，还在其善于统兵驭将，用得最好的一个将军，就是崔旰。

《旧唐书》云:"吐蕃与诸杂羌戎寇陷西山柘、静等州,诏严武收复。武遣旰统兵西山,旰善抚士卒,皆愿致死命。始次贼城,周围皆石砾,攻具无所设。唯东南隅环丈之地,壤土可穴,谍知之以告。旰昼夜穿地道攻之,再宿而拔其城。因拓地数百里,下城寨数四。番众相语曰:'崔旰,神兵也。'将更前进,以粮尽还师。"

军队还在西山前线,家人在浣花溪边,杜甫在城中衙署值班,一个人难免孤独,便又有愁绪涌起,作《宿府》:

清秋幕府井梧寒,独宿江城蜡炬残。
永夜角声悲自语,中天月色好谁看。
风尘荏苒音书绝,关塞萧条行路难。
已忍伶俜十年事,强移栖息一枝安。

古人喜欢在井边种植梧桐,府中多数人都去了前方,只有他这个老病之人一个人宿在府中,寂寞清秋,便感到了寒意。城上角号,声含悲情;中天月好,无人共看。更想起与亲朋家人音书断绝,战火未熄,关塞阻隔,行路艰难。安史之乱从爆发到现在,差不多已经十年,眼下虽然有严武关照，但自己也只是如飞鸟得一枝暂栖罢了。

杜甫孤独苦闷之时，他的一个弟弟居然从山东跋涉了几千里长途，来到成都探望兄嫂一家。这个弟弟叫杜颖，曾任山东临邑县主簿，安史之乱爆发，逃亡到平阴。那时，杜甫自己也在"一年四行役"的逃亡路上，竟收到杜颖的信，告诉兄长他的行踪去向。杜甫亦喜亦悲，写了《得舍弟消息二首》，这里选其一：

> 近有平阴信，遥怜舍弟存。
> 侧身千里道，寄食一家村。
> 烽举新酣战，啼垂旧血痕。
> 不知临老日，招得几人魂。

这首诗写于公元756年。八年后，想不到杜颖竟然从滨海的山东，长途跋涉，来到了成都。可见杜甫一家兄弟间确实情深义重。杜颖来了，也没有久待，和一家人在浣花溪边聚会几日，便又要动身上路回山东去。杜甫作《送舍弟颖赴齐州三首》：

其一

岷岭南蛮北,徐关东海西。
此行何日到,送汝万行啼。
绝域惟高枕,清风独杖藜。
时危暂相见,衰白意都迷。

"岷岭"之下,即成都,杜甫一家所在。"徐关",杜颖一家寓居的山东,却在东海之滨。

王嗣奭讲此诗最好:"岷岭在南蛮之北,徐关在东海之西,由岷抵徐,道路甚远,故行非时日可到,泪亦无时不流;'万行',非一时之啼也。'惟高枕',犹云'忆弟看云白昼眠';'独杖藜',谓弟不俱也。时则危,见则暂,身则衰白,再见难期,故意都迷,悲极不堪再读。"

其二

风尘暗不开,汝去几时来。
兄弟分离苦,形容老病催。
江通一柱观,日落望乡台。
客意长东北,齐州安在哉。

还没分别,就已经想到何时再见。"兄弟分离""形容老病",真的还能再次相见吗?你回山东长途辛苦,经过江陵古人刘义庆所造的一柱观时,想必正是日落时分,那时,"我"就站在成都隋朝蜀王杨秀所建的望乡台上。"我"怅望着你去往的东北方向,却无从看见齐州究竟在何方。

齐州也在山东,这里也就指代了山东。李贺诗云:"遥望齐州九点烟,一泓海水杯中泻。"

其三

诸姑今海畔,两弟亦山东。
去傍干戈觅,来看道路通。
短衣防战地,匹马逐秋风。
莫作俱流落,长瞻碣石鸿。

"诸姑",不是很多个姑姑,是指这时杜甫只有一个姑姑还在世,住在会稽海畔。杜甫共有四个弟弟,杜颖、杜观、杜丰和杜占。杜占离乱中一直与兄相随。杜甫如今又见到杜颖,便自然更加思念另外两个远在山东的弟弟——杜观和杜丰。后几句是既担心杜颖在长路上的安全，又念及与"诸姑"、另两个弟弟远隔天隅，不能相见而更加黯然伤神。

但也好啊，毕竟杜颖来了，还带来其他亲人在世的消息。

弟弟回山东了，严武从西山军中回来了。

严武率军收复了西山失地，回到成都，放松了心情，便安排饮宴游玩。老杜与诸僚属自然依从相陪，而且不止一回。

《陪郑公秋晚北池临眺》：

北池云水阔，华馆辟秋风。
独鹤元依渚，衰荷且映空。
采菱寒刺上，踏藕野泥中。
素楫分曹往，金盘小径通。
萋萋露草碧，片片晚旗红。
杯酒沾津吏，衣裳与钓翁。
异方初艳菊，故里亦高桐。
摇落关山思，淹留战伐功。
严城殊未掩，清宴已知终。
何补参军乏，欢娱到薄躬。

"北池",该是成都城北的一个湖。古籍说,成都城区本来无江无湖,是从都江堰引水才有了绕城的两江,筑城墙挖土,又造成了城内外的湖泊。湖上再建亭台楼阁,成为可供游览之地。今天,成都建设公园城市,思路与法式,其实都是师法古人。一句话,成都建城史上,一直都有因势利导、人工造景的传统。

在北池游宴了还不够,再行船欢娱于摩诃池上。

《晚秋陪严郑公摩诃池泛舟得溪字》:

> 湍驶风醒酒,船回雾起堤。
> 高城秋自落,杂树晚相迷。
> 坐触鸳鸯起,巢倾翡翠低。
> 莫须惊白鹭,为伴宿清溪。

摩诃池,古籍《成都记》说,这个湖是隋朝蜀王杨秀筑城墙时挖土而成。杨秀,隋朝皇帝杨坚第四子,分封在蜀,在成都建城方面颇有作为。此池深广,因此,一个从西域来的胡僧赞叹:"摩诃宫毗罗。"这个胡僧说的是梵语。"摩诃"意为大,"宫毗罗"是龙。古人相信水深处有龙。杜甫写成都江水，也常常写到"蛟龙"。意思就是有龙居住的大湖。很长时间，这个湖的具体位置也是个谜。这些年成都发展迅猛，建设繁巨，许多古代遗址也因建筑工程而被发现。摩诃池遗址也是如此。所以，我们才知道，此池大致在今天的后子门一带。

又在严武厅堂上观山水图，作《奉观严郑公厅事岷山沱江画图十韵》：

> 沱水流中座，岷山到北堂。
> 白波吹粉壁，青嶂插雕梁。
> ....

严武是军事家，张挂的图画描绘的也是西川的山形水势。

岷山就是西山，沱江从岷山中的九顶山发源，东流贯穿成都平原北部。汉代的蜀守文翁除了大兴文教外，还继承了秦蜀守李冰治水的事业，在彭州龙门山前筑堰，引湔江水"东别为沱"，经广汉引入了沱江。可见沱江与岷山本自连贯一气，除舟楫灌溉之外，还有军事上的意义。杜甫却还只是从审美的角度，把它当一般山水图赞之，未必体会到严武张挂此图的用意。

杜甫性情疏放,虽有过官场经历,但也只是短短几年。他心里自认与严武既是世交,也是朋友,但到了幕府中,自然会有上下尊卑之分,还有案牍劳神,他自然是不习惯的。所以史书中有杜甫酒后触忤严武,严武因而要杀他之说。对这个问题,研究者向来聚讼不已。反正我不相信严武真的会杀杜甫。

但久而久之,杜甫在严武幕中的日子过得并不那么舒心。这应该是真的,也有杜甫自己的诗为证。

前引《宿府》一诗就说:"已忍伶俜十年事,强移栖息一枝安。"

后来又作《遣闷奉呈严公二十韵》,就说得更直接了:"胡为来幕下,只合在舟中。""平地专欹倒,分曹失异同。""束缚酬知己,蹉跎效小忠。"

"我"怎么会来你的幕中当参谋做你的部下,最合适的还是散发弄舟以"野人"身份做你的朋友。

又一句是抱怨身体多病力衰,还与同府共事的一些人意见不同,关系不好。

又说,"我"按官场中的规矩约束自己,是为酬答你的关照,但即便如此,"我"也不过是蹉跎岁月,为严公你做不了什么。

还是李白诗写得好:"人生在世不称意,明朝散发弄扁舟。"杜甫此时已经有辞归草堂的意思了。

西山之战的兴奋劲过去了。官衙中的日子回到循规蹈矩、上下有别的日常。更何况,府中幕僚同事间还免不得倾轧排挤,杜甫才高,心雄万夫,更不屑于此种庸常,便时时思归草堂,享受那里的宽闲自在。

转眼,就是冬天。新一年(765)正月间,他真的就辞去严武府中参谋之职,回到浣花草堂。生活在宋末元初的诗人方回说:"老杜合是廊庙人物,其在成都依严武为参谋,亦屈甚矣。"

杜甫回到草堂,还写了一首诗给府中同事,倾诉心曲。

《正月三日归溪上有作,简院内诸公》:

野外堂依竹,篱边水向城。
蚁浮仍腊味,鸥泛已春声。
药许邻人剉,书从稚子擎。
白头趋幕府,深觉负平生。

明末的大藏书家顾宸酷爱杜诗,他讲这首诗:"自幕府辞归,更觉草堂之乐,故首联先叙草堂之景趣。"

"蚁浮"是说浮在酒上的泡沫像蚂蚁一样,这里代指酒。白居易诗"绿蚁新醅酒",说得就更加明白。"腊味",不是说腌腊制品,而是说酒是腊月间酿的。坐在草堂家中饮酒,看见江上浮着白鸥,已经有些春天的气息了。邻家来讨要他种的草药,他说,你们随便挖去。此时,小儿子在旁边手举着书本念念有词。有前人说:"种药本以济世,故许邻人厮收;书本以教人,故从稚子擎。"还有前人说:"此见归溪更有睦邻教子之乐也。"

有此怡然之乐,那些在府中共事时与他不和,制造摩擦与事端的人,都可以原谅了。

杜甫离开严武府中时,一定有过面辞,说明了辞归的缘由。在乡下休憩一阵,转眼已是春天,此时又作一诗给严武,再申情愫。

《敝庐遣兴奉寄严公》:

野水平桥路,春沙映竹村。
风轻粉蝶喜,花暖蜜蜂喧。
把酒宜深酌,题诗好细论。

府中瞻暇日，江上忆词源。

迹忝朝廷旧，情依节制尊。

还思长者辙，恐避席为门。

前六句写江村初春之景和自己平静怡然的生活，酒要深酌，诗要细论，已暗含邀请严武再访草堂之意。

接下来几句，再一转折，回顾严武对己之关爱，最后说，盼望你的车辙印上通往江边的路，又担心你嫌以席为门的草堂太过简陋了。重申的还是相邀严武再来草堂酌酒论诗。

严武没来。

这段时间，杜甫除时时记挂北方朝廷安危外，日子过得颇为闲适。同时还在兴致盎然地打理草堂。也有诗记之，前面引过一首《营屋》，还有一首就是《除草》。把园中的荨麻，也就是蜇人的恶草除掉。

还是迷醉于江村和美的景象，却和刚到成都写《江村》时，心境不全一样了。

从严武府中辞出，又一年浣花溪畔的乡野之春，一口气上来就是一组五首。但春和景明中有了更多惆怅。

《春日江村五首》:

其一

农务村村急,春流岸岸深。
乾坤万里眼,时序百年心。
茅屋还堪赋,桃源自可寻。
艰难昧生理,飘泊到如今。

时令一到,村村的农事都急迫起来;春水上涨,江水一天比一天深广。两句一联,对仗工稳生动,春动江村之景,如在目前。

"万里眼",蜀江深长,把人的视线和思绪都引向远方。"百年心",春光遵从时序,年年都来;天下动荡,却十年未安。

茅屋生活还平静如常,值得书写,就是乱世之中的平静桃源。

可诗人不是桃花源中那些"无论魏晋"的人,只是在离乱中漂泊而暂居罢了。

其二

迢递来三蜀,蹉跎有六年。

客身逢故旧,发兴自林泉。

过懒从衣结,频游任履穿。

藩篱无限景,恣意向江天。

感叹!

"一年四行役",辛苦辗转来到蜀地,前前后后已经六个年头了。

"三蜀",秦汉时期,蜀地共分三个郡,蜀郡、广汉郡和犍为郡,故称为三蜀。

还好,在这里遇到了严武这样的故旧,才得以这样安居"林泉"。

常常穿着百结衣,四处出游的时候也无须讲究脚上的鞋子。

草堂篱外就是无限美景,江天云树慰人心怀。

其三

种竹交加翠,栽桃烂熳红。

经心石镜月,到面雪山风。

赤管随王命，银章付老翁。
岂知牙齿落，名沾荐贤中。

仇兆鳌说："上四，承江天，写村前近远之景。下四，承发兴，叙老年锡命之缘。"

也就是说，后四句是说他接受员外郎这个官职的缘由。

"赤管"，汉代任类似官职的，每月给赤管大笔一对，这里代指工部员外郎这个官职。

"银章"，也是汉代，任了一定级别官职的，就要赐以银印。唐代不赐印了，赐鱼袋，里面装着鱼符。杜甫被授工部员外郎，也赐了绯鱼袋。

可是，这官来得有些晚了。"我"已经牙齿摇落，不堪重用了。

其四
扶病垂朱绂，归休步紫苔。
郊扉存晚计，幕府愧群材。
燕外晴丝卷，鸥边水叶开。
邻家送鱼鳖，问我数能来。

此篇说的是从严武幕中辞归之故。

"朱绂",本是官服上的一种装饰,这里代指杜甫穿的官服。

本已老病,穿不动那身官服了,也不比府中那些人那样多才,所以请辞回到乡下来,走僻静而生了紫苔的村路。

还是这里适合"我"。"燕外""鸥边"都带着美景,邻居送来鱼鳖,还问几时再送来。

其五

群盗哀王粲,中年召贾生。
登楼初有作,前席竟为荣。
宅入先贤传,才高处士名。
异时怀二子,春日复含情。

王粲,东汉人。汉末天下大乱,他避乱荆州,思归长安,作《登楼赋》。杜甫以他自比。

贾生,即贾谊,西汉时洛阳人。汉文帝时任过太中大夫,贬谪到长沙,后又重用为太傅,那时贾谊才三十岁左右。现有《过秦论》等名作传世。

杜甫这是叹息自己未在年轻时受到朝廷重用。

所以，这时在浣花溪畔才特别想到这两个历史人物。

杜甫从严武幕府中辞归了。

那么，接下来杜甫和严武的关系又会发生什么样的变化呢？可惜的是，我们看不到这个故事的发展了。这一年四月，才四十岁的严武在成都暴病而亡。这位能文能武的封疆大吏，就这样走了。

《旧唐书》肯定他镇蜀的功劳，同时说他性情刚愎暴烈，杀伐赏赐随心所欲。也有史料说，爱酒的杜甫有酒后无德的毛病，在幕府中时，酒醉后跳到严武床上发酒疯，弄得严武起了杀心要取他性命。就我个人来讲，还是不太肯相信书中的那些说法。两个人酒后无德，争执冲突也属正常，但说严武要杀杜甫，我想是有些过分了。另外，说严武那些毛病，也只有结论而缺少具体事例佐证，我也不太愿意相信。正如前人所说，"尽信书不如无书"。

倒是严武收复西山三城，裁撤冗兵归农活民，诗书有载，再加上他对杜甫不离不弃，情深义重，使我对这个人充满好感。

《全唐诗》中存严武诗一共六首。《军城早秋》有杜甫相和，还有《寄题杜拾遗锦江野亭》《酬别杜二》和《巴岭答杜二见忆》三首直接写给杜甫。只有任巴州刺史时所作的《题巴州光福寺楠木》，和之前所作的《上郡守》两首与杜甫没有关联。

再读一遍严武诗《酬别杜二》吧：

…………
斗城怜旧路，涪水惜归期。
峰树还相伴，江云更对垂。
试回沧海棹，莫妒敬亭诗。
只是书应寄，无忘酒共持。
但令心事在，未肯鬓毛衰。
最怅巴山里，清猿恼梦思。

我不相信，写这样深情的诗给杜甫的严武，会真想杀掉杜甫。

历史的真相已经掩没于时间深处，我们今天能够确切知道的是，严武一死，失去他庇护的杜甫真的只好离开成都，离开浣花溪，离开草堂了。

路线是早就规划好的："即从巴峡穿巫峡，便下襄阳向洛阳。"去年，还在阆州时，听闻史思明死，官军收复河南河北失地，就差点成行。

蜀地只是客居，故乡田园、祖先庐墓还在洛阳附近的首阳山下。

五月，作《去蜀》：

> 五载客蜀郡，一年居梓州。
> 如何关塞阻，转作潇湘游。
> 万事已黄发，残生随白鸥。
> 安危大臣在，何必泪长流。

杜甫759年年底到成都，765年初夏离开，其间一年多是在梓州、绵州和阆州一带度过的。现在，该是踏上归乡之路的时候了。何况杜甫年青时就喜欢名山大川，壮游天下，此时，他也还有山水形胜之思，所以不管关塞如何阻隔，也要顺三峡而下，往洞庭汉水，作潇湘之游。

结果，真的是此乱刚平，彼乱又起，到了三峡中，在云安和夔州，又淹留数年。

杜甫刚入三峡不久，就因病重滞留在云安一带的长江边上。

忽一日，看见江上驶过送严武灵柩归京的帆船，目随船影，已是天人相隔，不禁泪水潸然。

《哭严仆射归榇》：

> 素幔随流水，归舟返旧京。
> 老亲如宿昔，部曲异平生。
> 风送蛟龙雨，天长骠骑营。
> 一哀三峡暮，遗后见君情。

此前，杜甫写给严武的诗都称他为大夫或郑公，那些都是严武的封号。严武死后，又获封尚书左仆射，杜甫便以新号称之。

船上张挂着白幔，随江水东去。这船是要送故人灵柩回到京城。虽近在咫尺，却已是天人相隔。

老母亲还如以前一样陪在你身边，掌管过的千军万马却不再扈从跟随。

江风送人中蛟龙回家，天边兵将们对你的思念地久天长。

"我"的悲哀浓重得像这三峡暮色，你身故之后更见出对"我"的情深义重。

前人说此诗："世运之衰颓，人情之冷暖，友谊之厚薄，无不毕具，真至文也。"

数年后，杜甫写了一组《八哀诗》，纪念八位死去的朋友，其中一首写严武，作于夔州——《赠左仆射郑国公严公武》，其中还深情回顾他们的互相过从："堂上指图画，军中吹玉笙。岂无成都酒，忧国只细倾。时观锦水钓，问俗终相并。"

对他在四川任上的评价也很高，和诸葛亮、文翁并列："诸葛蜀人爱，文翁儒化成。公来雪山重，公去雪山轻。"

这个"重"，既是写严武在任时，西山御守的功劳之重，更是写严武在老杜心中所占情感的分量。

第十四章 魂归草堂

成都,这座建城史长达两千多年的古城,真正代表城市悠久历史的物质遗存大都已无迹可寻。

标识层城的城墙没有了,杜诗中的张仪楼没有了,黄师塔没有了,石笋没有了,摩诃池也没有了。成都这座文化名城的历史记忆,最主要凭借的就是文字记录。

从这一点上说,书写成都,最优美、数量也最多的,就是杜甫。此前,成都出了一个大文豪司马相如,他的《上林赋》是书写都市景象的名篇,但他出川漫游,写的是汉代长安。只有杜甫,在成都前后总计三年多时间,却留下了那么多关于成都的诗篇。清澈的江水、丰富的植物、温润的气候、众多的古迹、时人的身影与生活场景、远山近水的城市气象,无一不在他的笔下清晰呈现。没有杜诗,我们几乎无法描摹成都;没有杜甫,我们也几乎无法歌颂成都。

多么好啊,杜甫还留下了一座草堂,永驻成都。即便这座草堂并不真是杜甫当年亲自营构的那一座——一家人栖身其中、朋友过从的那一座。但这座草堂的存在也显示出成都对杜甫的充分珍重。

杜甫让我们更爱成都,当然,我们也就更爱杜甫。

奥地利诗人里尔克说:"从此以后,你爱上这个人。这意味着,你要努力地用你温柔的双手将他的人格的轮廓按照你当时看到的样子描绘出来。"那个不会好好种地的杜甫,那个渴望兼济天下却又不能躬身逢迎混迹官场的杜甫,那个热爱自然之美的杜甫,那个忧国忧民的杜甫,他用丰富的诗作展现了自己,以至于用不着我们再费什么笔墨来描绘他。我们只要在锦江夜雨时轻声吟咏他那些诗作就好了。

杜甫离开成都,又走上他的流浪之路了。

还是用诗,他为我们标注出他东去的行迹。

他是从水路出川的,从"门泊东吴万里船"的万里桥出发。

到嘉州,宿过一个驿站叫青溪驿,"中夜怀友朋,乾坤此深阻"。

船过戎州(今四川宜宾),刺史杨使君请他上临江的东楼喝酒,还吃了当地产的荔枝,"重碧拈春酒,轻红擘荔枝"。

在渝州（今重庆），等一个朋友一起入三峡，没有等到，便先登船下三峡去了，作《渝州候严六侍御不到先下峡》。

到云安，喝了一种酒叫曲米春，"闻道云安曲米春，才倾一盏即醺人"。

也是初入三峡时，他得到高适死去的消息，作《闻高常侍亡》："归朝不相见，蜀使忽传亡。"

盛唐诗凋零的日子到来了。

之前，孟浩然（卒于740年）、王昌龄（卒于757年）已经过世。

然后，王维（卒于761年）和李白（卒于762年）也相继故去。

现在高适死了。

这一代诗人中，只有曾经在西域军旅中挥洒豪迈诗情的岑参和大他四岁的杜甫还在世。

公元765年，岑参接到嘉州刺史的任命，他和杜甫也是老朋友，差一点就可以在成都和杜甫见上一面。可是，严武一死，一切又陷于混乱。闻一多先生是民国时代著名的自由诗人，对唐诗也深有研究。他在《岑嘉州系年考证》中说，岑参五十一岁那一年，出任嘉州刺史，因严武身后四川战乱又起，道路不通，走到半途又回去了。直到第二年七月间，才来到四川上任。

杜甫漂流途中，还作诗《寄岑嘉州》："不见故人十年余，不道故人无素书。"

再三年，公元769年，岑参死于成都。

再一年，公元770年，漂泊无依的杜甫死于岳阳附近洞庭湖中的小船之上。

是的，杜甫乘船东去，与四川渐行渐远时，盛唐——这个中国精神史、中国诗歌史上最伟大的众声合唱的时代，正在垂下终场的帷幕。盛唐诗最具代表性的几位伟大诗人相继辞世，对我们来说，代表着那个伟大的盛唐时代，盛唐诗的时代，在诗人们余韵悠长的歌声中结束了。

在我眼中，盛唐诗歌的帷幕，可以说是在四川拉上的。

人一死，曾经有过的怨怼都消失了，留下的只有对温暖友情的深深怀念。对严武如此，对高适也是如此。

对这两位故人的怀念，也触发了他对寓居成都岁月的深深怀念。

云安，峡江中的小城，杜甫在那里生病，卧床不起，却写了深情怀念成都的《怀锦水居止二首》。

其一

军旅西征僻,风尘战伐多。

犹闻蜀父老,不忘舜讴歌。

天险终难立,柴门岂重过。

朝朝巫峡水,远逗锦江波。

杜甫病居云安时,冬天,成都又传来了战乱的消息。

新任剑南节度使叫郭英乂,在北方打击吐蕃和史思明叛军有功,到成都后,便居功自傲,大行不轨之事。

那时,唐玄宗避难蜀地时的旧宫已经被改为一座道观,但其中仍安置有唐玄宗的铸金真容以及乘舆侍卫图画。新节度使上任,都要先来此拜祭后才开署办理公事。郭英乂认为旧宫位置好,于是进驻,唐玄宗铸金真容与图画都遭到毁坏,虽然见者愤怒,但无人敢有异议。当年严武收复西山重用的兵马使崔旰深得人心,和郭英乂水火不容。后崔旰便从西山起兵,率五千多人袭击成都。郭英乂出兵抵挡,但是手下官兵全部反叛。郭英乂逃出成都,普州(今四川安岳、乐至一带)刺史韩澄将郭英乂杀死,将首级送给崔旰。邛州牙将柏茂琳、泸州牙将杨子琳和剑州(今四川剑阁)牙将李昌巙等又起兵讨伐崔。蜀中东西川陷于战乱。

就在这样的战乱之中,生灵涂炭,人民流离失所,但蜀中百姓父老仍然心向唐朝。而杜甫一介书生,对此又有什么办法呢?只是知道人治不好,军阀拥兵自重,剑门这样的天险也就失去了作用,锦江边的草堂他是再也回不去了。只有天天站在巫峡江边,看到滚滚江水,想其中也有锦江波涛。于是,忍不住再次回想起苦心经营多年的草堂旧居来了。

其二

万里桥西宅,百花潭北庄。
层轩皆面水,老树饱经霜。
雪岭界天白,锦城曛日黄。
惜哉形胜地,回首一茫茫。

以前写草堂,都是眼前实景:江与洲,鱼与鸟,竹与树,船与月,顽童与野老。相距远了,草堂的地理气象,都是在深情的记忆中徐徐展开。"万里桥西宅,百花潭北庄",描述草堂地望的联句,至今还悬挂在杜甫草堂的正门之上。

水,写过好多次了,再写。

那些树,也写过好多次了,忍不住还要写。

连绵雪岭构成的西方天际线,视线往东,是雾气迷蒙中的曛曛黄日。叹息,真是好地方啊;叹息,可惜再也回不去了。遥望回想时,只有心事浩茫。

就这样过了一个冬天。

又一年春天,又一个新的年头。天下依然战乱不休,老杜身体依然衰颓不堪,还是卧病在云安。暮春初夏,他听到了杜鹃鸟的叫声。这又令他心归成都,使杜鹃的啼鸣有象征意义的成都。那个意义是后来李商隐用"望帝春心托杜鹃"那句有名的诗也揭示过的,和古蜀国王望帝的传说有关。

《杜鹃》:

> 西川有杜鹃,东川无杜鹃。
>
> 涪万无杜鹃,云安有杜鹃。
>
> 我昔游锦城,结庐锦水边。
>
> 有竹一顷余,乔木上参天。
>
> 杜鹃暮春至,哀哀叫其间。
>
> 我见常再拜,重是古帝魂。

平白如话的字句，逶迤如歌的节奏。

春深时节，杜鹃归来，声声啼唤。西川当然有杜鹃，东川也有，只是诗人未曾听见。涪州（今重庆涪陵）和万州，杜甫还未行到，未行到当然就未看到那里的杜鹃啼唤得山青水绿的景象，所以也以无视之。卧病云安，却从竹树云雾间，从江风帆影间，声声听见。听见听不见，有杜鹃无杜鹃，都不是实写，抒情与修辞罢了。这种写法，仿的也是民间歌谣，有泥古的诗评家不解风情，说这不是好诗。不对，这不是好诗什么是好诗？

重要的是杜鹃声声，又让老杜想起草堂，想起草堂岁月了。游锦城，居锦水，老楠荫庇，竹掩江岸。杜鹃声声啼唤，"我"一听就神情肃然，因为这是古蜀国王杜宇的不死之魂啊！

左思《蜀都赋》说："鸟生杜宇之魂。"

杜宇，就是古蜀王望帝。据《华阳国志·蜀志》记载，蜀王杜宇，教民务农，后称帝，号望帝。其相开明决玉垒山以除水害，杜宇遂禅位于开明。

还有古籍说："昔有人姓杜名宇，王蜀，号曰望帝。宇死，俗云宇化为子规。"子规，鸟名，就是杜鹃。

所以，杜甫说"重是古帝魂"。为什么如此看重？老杜自有道理：

> 生子百鸟巢，百鸟不敢嗔。
> 仍为喂其子，礼若奉至尊。
> 鸿雁及羔羊，有礼太古前。
> 行飞与跪乳，识序如知恩。
> 圣贤古法则，付与后世传。
> 君看禽鸟情，犹解事杜鹃。
> 今忽暮春间，值我病经年。
> 身病不能拜，泪下如迸泉。

下半章更进一步，写的是杜甫尊崇杜鹃、闻声欲拜的原因。

杜鹃鸟有一个习性，就是把蛋产在别的鸟巢中，其雏子由别的鸟孵化养育，这种习性已经由现代生物学研究所证实。杜甫对此现象不是用生物学，而是用伦理学做出解释。百鸟愿意为杜鹃代劳，是因为尊崇、敬爱望帝。还用鸿雁与羔羊为例，讲即便动物也有出于天然伦理的礼仪秩序。古人说鸿雁："鸣则相和，行则接武，前不绝贯，后不越序。"说羔羊则是:"羔食于其母必跪而受之。"前人解得好:"鸿雁言其有序,羔羊言其知恩。""言禽鸟之微,犹知敬事杜鹃也。"

现在,老杜流离于三峡之中,病中忽又听见杜鹃鸣叫,虽然身卧病榻,不能起而拜之,却想起望帝爱蜀民,蜀民拥戴望帝,禁不住要泪如迸泉。这就是托古寄意。想古代圣君良民,对照的是海内干戈不息,朝廷中政治晦暗。

云安那个地方,春深时节,确实有杜鹃啼唤,杜甫还专有一诗写了那里的杜鹃,诗题就叫《子规》。我们知道,子规就是杜鹃。

峡里云安县,江楼翼瓦齐。
两边山木合,终日子规啼。
············

我自忖不是一个自作多情的人,但在成都春深、杜鹃花开之时,听闻浓荫深处传来杜鹃啼叫,就会想起杜甫的《杜鹃》诗,有时会忍不住热泪涌动。使杜甫再拜的是望帝之魂,使我泪流难抑的,是杜甫优美深情的诗篇。

即便是无限春光，没有了诗人的歌唱，也是"锦里春光空烂熳"了。

河山破碎，生民流离，盛唐已成旧梦，盛唐一代的诗人也相继凋零。杜甫写下此诗后不久，岑参在成都死去。

"东西南北更谁论，白首扁舟病独存。"盛唐诗人，只剩下杜甫一个了。

相对杜甫在其他地方的遭遇，特别是他在秦陇、在湖湘的遭遇来看，四川确实厚待了杜甫，成都确实厚待了杜甫。杜甫则一如既往用诗歌做了真诚回报。连他去世前写的最后诗篇也与锦城相关。他"追酬"故友高适的诗，更是贡献给成都一个节日中的节日——草堂人日，一个回味成都文化韵事的节日。

杜甫草堂那副对联写得好："锦水春风公占却，草堂人日我归来。"

一座城市，无论是历史还是春光，只有经过书写与描绘，才能被人真正拥有，才能持久与永恒，不然都是稍纵即逝的过眼烟云。杜甫的诗揭示并决定了成都这座城市的审美基调。

杜甫走后，草堂就日渐倾圮，没入了荒烟衰草。

但杜诗不会被人忘记。杜甫死后几十年，他的诗歌价值被元稹、白居易和韩愈等后代诗人越发看重。愈往后，杜诗的光芒愈发灿烂耀眼。

唐朝气祚将尽时，公元897年，西川和东川节度使再度开战，诗人韦庄以判官身份随上司来到成都，代表已经气息奄奄的朝廷两边劝和。公元901年，他再来成都，任西川节度使王建的掌书记。就是在成都西城以永陵为墓的那个王建。

韦庄是唐代最后一位有成就的诗人，无论律诗还是绝句都有佳作传世。

后人说他的诗歌走的是杜甫开创、白居易等发扬光大的现实主义道路。长篇叙事诗《秦妇吟》写战乱中人的悲剧性命运，上承杜甫"三吏""三别"的写法与精神。同时，他还是词这一新的诗歌体裁的开创者之一，开创了成都一地的花间词派。

韦庄来成都后，唐朝灭亡。他就辅佐节度使王建自立为帝，国号大蜀，史称前蜀。韦庄做了大蜀的同平章事，也就是宰相。此时，距杜甫逝世已经一百多年了。韦庄却未忘记前辈诗人杜甫曾寓居成都，筑过草堂，便去寻找。蔓草荒烟中，他找到了。

韦庄留下了文字记录："明年（902），浣花溪寻得杜工部旧址，虽芜没已久，而柱砥犹存。因命芟夷结茅为一室。盖欲思其人而成其处，非敢广其基构。"

草堂之存，成都要感谢韦庄。

从此以后，历朝历代，总有朝廷命官、文人学士心系草堂。杜甫草堂才屡废屡建，今天的成都才在浣花溪畔，有一个可资凭吊、可供缅怀中国诗圣和人文精神的杜甫草堂。

明朝初创，朱元璋封十一子朱椿于蜀，为献王。

洪武二十六年（1393），朱椿在成都建蜀王府，又在西郊重建草堂。建成后，他亲往祭祀，文曰："距今之世数百余年，而成都草堂之名至今日而犹传。予尝纵观乎万里桥之西，浣花溪之边，寻草堂之故址，黯衰草兮寒烟。是以不能无所感也。于是命工构堂，辟地一廛，扁旧名于其上，庶几过者仰慕乎先贤。"

朱椿的老师，当时名闻天下的大儒方孝孺受命作《成都杜先生草堂碑》："成都浣花溪之上，故有草堂，废于兵也盖久。大明御四海，贤王受封至蜀……""乃于洪武二十六年冬十二月，命臣工更作之，不逾月而成。中为祠，以奉祀。庑其左右，而门其前。后为草堂，以存其旧。高杰华厂，皆昔所未有。"

有清一代，记录重修草堂的次数更多。仅举一例，乾隆三十七年（1772），杜甫后裔杜玉林入川，数年后作文：

"壬辰春日，余奉命来川主邮政，访草堂旧址，面溪背郭，竹木阴翳，境地幽胜。登堂谒公像，榱桷蠹坏，不蔽风雨，怅然久之。方欲稍为葺治，以金川之役驰驱徼外，不暇及也。然一念及之，心辄怦怦不宁。"

杜玉林到四川，是作为负责邮传的官员来参加乾隆平定大小金川之役的，前往瞻仰祖宗草堂后，即赴前线。从战场再归成都已是六年之后的1778年了。

这时杜玉林才有精力来重修草堂。

"除腐易朽，疏泉筑亭，邃室修廊，境兼奥旷，荫嘉树，俯澄湍，形释心凝，洒然尘表"，并"贮银二千两于成都郡署"，为后续维修之资。

四川学政吴省钦应杜玉林之邀作《重修少陵草堂后祠碑记》：

"成都少陵之草堂，今榜曰少陵书院。院之门楹三，次堂，次亭，次祠。祠与堂皆置像。堂之创以康熙壬子，祠则乾隆丙戌所建也。予自癸巳二月拜祠与像，祠既院小，其华整巩固，远不逮前之堂，以为物力之间赢绌类然。有好古者更而新之，事半而功可倍。顷余返，观有期，皋使无锡杜公玉林乞预为修祠之文，以俟岁腊兴役焉。"

这个草堂的形制，基本上保持至今。

文化是最深刻的记忆。真正有价值的记忆就不会被遗忘。

今日成都，浣花溪畔，围绕草堂已建成广大的诗歌公园。园中，杜甫存世的千余首诗，由历代和当世名家书写，郑重刻碑，逶迤罗列，其功也大。

成都，人日游草堂已渐成风习。

2017年人日，我有幸担任本回人日祭祀杜甫的主祭人。作为成都市民，作为深爱杜诗的成都市民，这是我最巨大的荣耀。为此，还专门去做了一身庄重的衣裳，并亲写了祭文。今天，写成此书，是2022年12月31日。作为结尾，就把这篇祭文抄在这里，作为这本向诗圣致敬的小书的结束吧。

维公元二〇一七年,岁次丁酉,正月初七人日,成都杜甫草堂博物馆、四川省杜甫学会、成都市中小学校,及社会各界人士,汇集于大雅堂前,谨备鲜花雅乐,敬祭杜甫先生之灵。辞曰:

中华文化,源远流长。起于夏周,盛于汉唐。文脉流转,群星璀璨。诗圣杜甫,继往开来,承上古雅正之义,张盛唐海纳风尚。公之一生,体圣人心,践圣人言,与国同运,与民同命。身在盛世,写大诗史,遭逢乱离,状真世情。苍生疾苦,笔底波澜。行役流离,来在成都,浣花溪畔,筑此草堂,植桃树竹,并留华章。微风细雨夜,似听哀玉响。水槛遣心昼,如闻锦城唱。城中十万户,此处两三家。茅屋秋风破,西岭雪山青。栖乱离世,怀忧国心。壮志未申死,英雄泪满襟。漫卷诗书去千里,留此草堂万世名。今逢人日,薰日初上。少长咸集,齐聚草堂。咏诗圣诗,体诗圣意。新柳弄色,红梅初放。光阴百代过,国运日日新。万里船正发,锦城景更明!诗圣有诗在,犹状新时代:星垂平野阔,月涌大江流。壮哉大中国,开天大画图!诗圣遗诗教,随风潜我怀。教我写时代,教我抒心怀,教我忧黎元,教我怀家国。在此人日,来拜草堂。杜高酬唱，万古流芳。缅怀先生，想象容光。高山仰止，再咏华章。古楠森森，修竹篁篁。岷山皑皑，锦水长长。工部道德，拾遗文章。千载不灭，万古流芳。尚飨！

      2022年12月31日
      2023年元月5日一改
      时染新冠疾，阳转阴中
      2023年元月20日（除夕前一日）改定
      距杜甫离开成都已1258年

上架建议：历史/散文/诗歌

定价：49.80元

回首锦城